Unverhofft glücklich

Kiosk-Liebe

Über die Autorin

Gianna Maas, geb. 1980, wohnt im Speckgürtel von Hamburg. Sie liebt die Natur, nostalgische Häuser und Hühner.
Durch ihren Freundeskreis hat sie vor vielen Jahren ihre Leidenschaft fürs Lesen und Schreiben queerer Literatur entdeckt. Doch erst 2021 hat sie sich entschieden, ihre Geschichten mit anderen zu teilen.
Kiosk-Liebe (2023) ist ihr Debüt.

Gianna Maas

Unverhofft glücklich

Kiosk-Liebe

1. Auflage
Hanstedt 2023

Impressum

Jesteburgerstr. 2 a
21271 Hanstedt

Kontakt:
GiannaMaas@gmx.de
www.facebook.com/giannamaasautorin
www.instagram.com/giannamaasautorin

Covergestaltung und Illustration:
Mo Kast, www.mophasia.de
Lektorat und Korrektorat: Uta Khalfalla
Buchsatz: Bettina Barkhoven

Inhaltswarnung:
Raubüberfall (beschrieben)

Inhalt

Kapitel 1

Deniz

Lächelnd zog Deniz das Gitter zurück und sah hinauf in den wolkenverhangenen Himmel. Nicht mehr lange und erste Sonnenstrahlen würden sich durch die Wolkendecke hervorkämpfen. Für diesen Sonntag Ende Mai war herrliches Frühlingswetter angesagt und Deniz freute sich darauf, auch wenn er arbeiten würde. Das machte ihm nichts aus. Er hatte den Kiosk am vergangenen Abend gegen Mitternacht verriegelt und nun, gute sieben Stunden später, schloss er wieder auf. Er liebte seine Arbeit und sah sie nicht als Last. Deniz hatte gut geschlafen und fühlte sich trotz der kurzen Pause erholt.

Ein Nachbar ging auf der gegenüberliegenden Straßenseite vorbei, grüßte Deniz und sie wechselten ein paar Worte auf Türkisch. Die Sprache kam von ganz allein über seine Lippen, er konnte sie fließend.

Seine Großeltern waren einst als Gastarbeiter nach Deutschland gekommen. Sie hatten

Kinder in die Welt gesetzt und Jahrzehnte in diesem Land gearbeitet. Bis sie im hohen Alter in ihre Heimat, die Türkei, zurückgekehrt waren.

Deniz' Eltern hatten die Distanz nicht gut verkraftet. Eines Tages hatten sie ihm eröffnet, dass sie ebenfalls ihr Glück in Anatolien versuchen wollten. Er hatte keine Ambitionen verspürt, seine Familie zu begleiten. Obwohl fast alle Verwandten, ob in Deutschland oder der Türkei, probiert hatten, ihn dazu zu bewegen.

Doch Deniz hatte zu diesem Zeitpunkt schon längst seine Ausbildung als Einzelhandelskaufmann in einem Supermarkt erfolgreich abgeschlossen und war anschließend übernommen worden. Er hatte seinen Job gemocht, auch wenn er damit nicht reich geworden war. Die Arbeit hatte ihm immer Freude bereitet. Er hatte sie nicht aufgeben und woanders von vorn beginnen wollen. Deniz fühlte sich auch emotional mit Deutschland verbunden. Er bereiste die Türkei gerne im Urlaub, mehr aber auch nicht.

Außerdem hatte Deniz hier Freiheiten, die er dort nicht gehabt hätte. Hier konnte er sein, wie er war. Wenn er Lust auf Zerstreuung hatte, ging er in den Club ein paar Straßen weiter und gönnte sich einen One-Night-Stand. Das kam nicht oft vor, denn er spürte keinen übermäßigen Drang nach sexueller Nähe zu Fremden. Seine Hand reichte ihm meist vollkommen aus. Doch hin und wieder tat ein wenig Abwechslung gut. Erst vor ein paar Wochen hatte er einen angenehmen Abend dort verbracht und sich als krönenden Abschluss den Penis eines Mannes in den Mund stecken lassen, der gut und gerne zehn Jahre älter gewesen war als er. Aber er war heiß gewesen, richtig heiß. Da spielte das Alter keine Rolle.

Nein, diese Freiheit wollte er sich nicht nehmen lassen. Seine Eltern hatten Deutschland ein paar Tage nach Deniz' fünfundzwanzigstem Geburtstag verlassen. Er hatte nie bereut, geblieben zu sein.

Nachdem er alleine gewesen war, hatte sein Leben sich in eine Richtung geändert, die er sich so nie hätte träumen lassen. Er hatte das Glück gehabt, eine günstige Wohngelegenheit zu finden. Im Haus eines alten Mannes hatte er ein großes Zimmer in dessen Wohnung bezogen. Mit der Bedingung, dass er seinen Vermieter bei allem rund ums Haus unterstützte. Eigene Kinder hatte der nicht gehabt und war somit auf sich allein gestellt gewesen. Deniz hatte den kleinen Garten gepflegt und sich im Winter um den Schnee gekümmert.

Er hatte saubergemacht und Lebensmittel besorgt. Gekocht hatten sie zusammen. Das alles hatte ihm nichts ausgemacht, im Gegenteil. Deniz hatte seine Familie vermisst, die Gesellschaft und Gespräche. Und so war Emil zu seiner Ersatzfamilie geworden.

Ein Jahr nach seinem Einzug hatte Deniz seinen Job im Supermarkt gekündigt und den kleinen Kiosk im Untergeschoss des Hauses übernommen. Der damalige Pächter hatte in den Ruhestand gehen wollen, und Emil ihm vorgeschlagen, den Laden gegen eine geringe Pacht zu übernehmen. Deniz hatte nur wenig Bedenkzeit gebraucht, und innerhalb einer Woche war alles in Sack und Tüten gewesen.

Schon immer hatte Deniz den Wunsch gehegt, eines Tages selbstständig zu sein. Inzwischen gehörte das Haus samt Kiosk ihm, und es war Deniz' ganzer Stolz. Er hatte einen Kredit aufgenommen und es Emil abgekauft, nachdem der eine neue Liebe gefunden und beschlossen hatte, mit ihr zusammen in ein Altersheim zu ziehen.

Deniz erwachte aus seinen Erinnerungen, sicherte das offene Gitter und schloss die Tür dahinter auf. Er lächelte noch immer, als er plötzlich Wärme auf dem Rücken spürte. Deniz drehte sich um, streckte sein Gesicht in die ersten Sonnenstrahlen des Tages und atmete tief durch. Er war vierunddreißig Jahre jung und lebte seinen Traum.

Deniz genoss die Gespräche mit den Kunden, von denen viele regelmäßig kamen. Etliche waren Studenten, doch es gab auch einen hohen Anteil Stammkunden aus der Nachbarschaft. Sie kamen teilweise seit über dreißig Jahren und holten ihre Zeitung in dem Kiosk.

Ihre Lebensgeschichten kannte Deniz auswendig. Er hatte mitbekommen, wie sie Babys geboren hatten oder Großeltern geworden waren. Einigen half er durch die Trauer, indem er stets ein offenes Ohr für sie hatte. Kinder kamen und kauften bei ihm Süßigkeiten, zeigten ihm ihre Arbeiten aus der Schule oder fragten ihn um Rat.

Ein Scheppern riss Deniz aus seinen Gedanken in die Realität zurück. Er spürte, wie eine gewisse Aufregung von ihm Besitz ergriff. Da waren sie, pünktlich zur Öffnungszeit. Eine Clique von Studenten, die nach durchzechter Nacht bei ihm Halt machten, um sich einen Absacker zu gönnen, einen Kaffee zu trinken oder gar Kondome und Gleitgel zu kaufen. Er schätzte sie auf Mitte zwanzig. Genau konnte er nicht erkennen, wer von ihnen an diesem Morgen dabei war.

»Tony, die Mülltonne hat dir nichts getan, lass sie heil«, schallte es zu Deniz herüber. Ein junger Mann half seinem Kumpel zurück auf die Füße, der schwankte wie ein Schiff auf rauer See.

»Wieso steht die auch mitten im Weg?«, lallte Tony und machte eine rüde Geste zu dem schwarzen Abfalleimer.

Deniz verkniff sich ein Lachen, öffnete die Tür weit und hakte sie ein. Dann zog er sich in das Innere seines Lädchens zurück und wartete, bis die Studenten hereinkamen. Sie zogen es meist vor, direkt im Laden zu kaufen und nicht an dem kleinen Fenster, durch das er hauptsächlich die Waren reichte, wenn es bereits dunkel war.

»Guten Morgen.« Paul grüßte freundlich.

Peter, ein schlaksiger Riese von einem Mann, nickte ihm nur zu. Er war groß. Noch größer als Nils, und der war mindestens einen Meter neunzig.

Innerlich schüttelte Deniz über sich selbst den Kopf. Er war verloren. Seit Nils das erste Mal seinen Kiosk betreten hatte, wartete er täglich darauf, dass dieser wiederkam. So ging das Tag für Tag. Deniz ließ seinen Blick über die jungen Männer schweifen. Ein leichter Stich von Enttäuschung zog sich einmal quer durch seinen Körper.

»Einen schönen Sonntag, Jungs. Da fehlen ein paar, habt ihr eure Kumpels unterwegs verloren?«

Ganz abwegig war die Frage nicht. Es wäre nicht das erste Mal, dass jemand aus ihrer Gruppe auf der Strecke blieb. Doch Peter winkte mit einer Hand ab und versuchte, mit der anderen immer noch Tony im Zaum zu halten. »Ach, die kannste vergessen. Flo war nicht dabei und Nils ist so voll, der hätte den Weg nicht mehr geschafft. Und das, obwohl dein Laden so nah bei der Uni ist.«

Deniz verkniff sich ein Seufzen und beschränkte sich darauf, unbemerkt tief durchzuatmen. Er hatte gehofft, Nils zu sehen. Aber wenn der wieder über die Stränge geschlagen hatte und morgens nicht bei seinen Freunden war, würde er den Rest des Tages ausnüchtern müssen und kaum bei ihm im Kiosk auftauchen.

»Quatsch, ich glaube, Nils ist mit der Brünetten aufs Klo verschwunden«, mischte sich Tony in das Gespräch ein und versuchte, sich seine roten Locken aus der Stirn zu wischen, was nur mäßig gelang. »Oder war es der Schwarzhaarige mit dem Tattoo auf dem Hals? Oder erst der und dann sie? Oder beide? Fuck, ich kann mich nicht richtig erinnern.«

Paul rollte mit den Augen und lächelte Deniz an. »Ignorier ihn einfach. Gibst du uns drei Kaffee, bitte?«

»Kommen sofort.«

Während Deniz den Kaffee aufsetzte, dachte er an Nils. Der blonde Mann hatte es ihm eindeutig angetan. Und das war schlecht, denn es hatte keine Zukunft. Ja, er war nett. Sehr nett sogar, und immer höflich. Selbst in dem Fall, dass er nicht Herr seiner Sinne war. Oh, und er war oft nicht ganz bei sich, wenn er bei Deniz auftauchte. Ob mit seinen Freunden oder ohne. Nils schien die Art Student zu sein, die jede Party mitnahm. Und leider auch jeden Verkehr, wie Deniz immer mal wieder am Rande mitbekam. Nils machte kein Geheimnis daraus, dass er auf Frauen und Männer stand, was theoretisch ja gut für Deniz war. Praktisch jedoch hatte sein Lieblingskunde unter den Studenten jedes Wochenende ein anderes Eisen im Feuer.

Der Kaffee war durchgelaufen und Deniz schenkte den Jungs schon einmal ein. Peter hatte Tony inzwischen auf einen Stuhl gesetzt. Den hatte Deniz für seine ältere Kundschaft in eine Ecke des Ladens gestellt, damit diese verschnaufen konnte, wenn der Weg zum Kiosk sie zu sehr angestrengt hatte. Selig dösend saß Tony da, leicht zur Seite gekippt, mit einem

Sabberfaden im Mundwinkel. Seine Kommilitonen fragten sich derweil, wie sie ihn zum Studentenwohnheim bekommen sollten.

Deniz' Gedanken wanderten zurück zu Nils. Der war bi, er selbst schwul. So weit, so gut. Doch seinen Lebenswandel konnte er nicht gutheißen. Was war toll daran, jedes Wochenende – und manchmal zusätzlich in der Woche – loszuziehen, zu feiern und zu … na ja? Oder versuchte Nils damit irgendetwas zu kompensieren? Sah er nicht mehr und mehr bedrückt aus, wenn er zu Deniz in den Kiosk kam und mal nüchtern war? Vielleicht spielten seine Sinne ihm aber auch einen Streich. Er sollte nicht so viel darüber nachdenken. Denn es ging ihn schlichtweg nichts an.

Fakt war jedoch, er kam einfach nicht von den Gedanken los.

Kapitel 2

Nils

»Uff, das war geil.«

»Find ich auch.« Sein Date von letzter Nacht schob sich vom Bett und schnappte sich die Zigaretten. »Sieh zu, dass du hochkommst. Steven ist bald zurück. Es muss nicht sein, dass er dich sieht.«

»Wer zum Henker ist Steven?«

»Mein Freund.« Sie zuckte mit den Schultern.

Nils schnaubte laut und setzte sich auf. Hätte er das vorher gewusst, wäre er nicht mitgegangen. Er wollte nicht der Grund dafür sein, dass jemand betrogen wurde. Mal davon abgesehen, dass er es nicht mit wütenden Partnern zu tun bekommen wollte.

Mit einer Hand befreite Nils sich von dem Gummi, verknotete es und stand auf. Dann verpackte er seinen Schwanz wieder in der engen, schwarzen Unterhose, stieg in seine dunklen Shorts und zog das hellblaue T-Shirt mit V-Ausschnitt über. Duschen würde er in seinen eigenen vier Wänden im Haus seiner Eltern. Das lohnte nicht, wenn er keine frischen Klamotten dabei hatte.

Gerade, als Nils nach seinem Rucksack und dem Handy griff, um es einzustecken, klingelte es. Ein freudiges Lächeln verzog seine Lippen.

»Hey, Flo. Wie siehts aus? Lass mich raten: Du kommst nächstes Wochenende.«

»Na, das will ich doch schwer hoffen.« Am anderen Ende erklang ein anzügliches Lachen, das er erwiderte.

»Okay, verstanden. Einmal Club *Spezial* für den armen Bayern.«

»Ach, leck mich doch.«

»Würde ich ja gerne, aber du lässt mich ja nicht noch mal.« Nils grinste über das ganze Gesicht, als er seinem One-Night-Stand zuwinkte und kurz darauf mit Handy am Ohr die Wohnungstür hinter sich zuzog.

Wieder kam ein Lachen aus der Leitung, doch es klang nicht echt.

»Darauf gehe ich jetzt lieber nicht weiter ein. Aber mal Spaß beiseite. Ich habs nötig. Die letzten Tage waren die Hölle.«

»So schlimm, hm?« Nils' Stirn legte sich in Falten. Flo war einer seiner besten Freunde, und er klang abgekämpft.

Sie hatten sich über eine Dating-App kennengelernt. Genaugenommen hatten sie sich verabredet, um zu vögeln. Nun, sie hatten Sex gehabt. Doch hatten sich nicht das geben können, was sie gesucht hatten. Obwohl, Nils war befriedigt gewesen. Flo aber nicht. Dennoch hatten sie die restliche Nacht zusammen verbracht. Anschließend hatte Nils Flo in das schwule Nachtleben seiner Heimatstadt eingeführt und ihm seine Freunde vorgestellt. Seitdem kam Flo regelmäßig am Wochenende zu Besuch. Die Jungs waren auch zu seinen Freunden geworden, und zusammen gingen sie feiern. Einen der Abende besuchten Nils und Flo jeweils einen Fetischclub, weil Flo das brauchte, es aber zu Hause nicht alleine tun wollte. Und Nils machte das gern für ihn.

Flo ging nicht weiter darauf ein. »Geht es in Ordnung, wenn ich Freitag schon komme? Ich weiß, die vier Wochen sind noch nicht rum, aber …«

Nils schüttelte den Kopf über diese Frage. Flo kam üblicherweise alle vier Wochen, aber das war von seiner Seite aus nicht in Stein gemeißelt.

»Schatz, du kannst jederzeit kommen, und das weißt du. Meine Eltern lieben dich. Das Gästezimmer gehört dir. Freitag können wir in den BDSM-Schuppen gehen, und für Samstag trommel ich die Jungs zusammen.«

Ein erleichtertes Durchatmen fand den Weg an Nils' Ohr, und sein Herz zog sich vor Mitgefühl zusammen.

»Danke, Mann. Okay, muss los. Ich *darf* noch was fertig machen.«

»Jederzeit. Ich hab dich lieb. Und sag deinem Vater, es ist Sonntag. Da haben Angestellte auch dann frei, wenn sie mit dem Chef verwandt sind.«

Flos ungehaltenes Schnauben erklang. »Ich hab dich auch lieb. Bis Freitag.«

Schon legte er auf.

Nils steckte sein Handy in die Hosentasche und ging ohne konkretes Ziel die Straße entlang. Es war früher Nachmittag und er verspürte nicht den Drang, schon nach Hause zu gehen. Er hatte ein paar Stunden geschlafen, nachdem sie gefickt hatten. Als sie aufgewacht waren, hatten sie eine zweite Runde eingelegt.

Nils grinste bei dem Gedanken und fragte sich kurz, ob er doch hätte duschen sollen. Aber nun war es zu spät und er roch nach einer Mischung aus Alkohol, Rauch, Sex und alten Socken.

Als er aufsah, hatten seine Füße ihn fast bis zur Uni getragen, obwohl er dort erst am nächsten Tag wieder aufschlagen musste. Sofort machte sich ein mulmiges Gefühl in ihm breit. Seine Eltern hatten ihm in der letzten Woche noch einmal ins Gewissen geredet. Er solle sich langsam entscheiden, was er mit seinem Leben anfangen und nach dem Studium arbeiten wolle. Doch Nils wusste es nicht, trotz seiner siebenundzwanzig Jahre. Es war nicht so, dass er nicht versuchte, zu einer Lösung zu kommen. Aber nichts schien ihm reizvoll genug, und so hatte er seine Studienfächer in der Vergangenheit oft gewechselt.

Rigoros schob er das Thema zur Seite, als ihm etwas in den Blick fiel, was seine Laune sofort besserte. Er würde sich einen Kaffee und eine Bockwurst gönnen. Das war eine hervorragende Idee.

Kapitel 3

Nils

Nils betrat den kleinen Laden und stand prompt hinter Deniz, der sich gebückt hatte, um die Waren in der untersten Reihe eines Regals weiter nach vorne zu ziehen. Sein Arsch in den schwarzen Jeans bot einen herrlichen Anblick.

»Hallo! Na, das nenne ich mal eine Begrüßung.«

Deniz zuckte fürchterlich zusammen. Er richtete sich schnell auf und drehte sich herum, eine Hand in Höhe seines Herzens auf das karierte Kurzarmhemd gepresst. Nils registrierte, dass das Hemd nicht ganz bis nach oben geschlossen war. Und er bemerkte ebenfalls Deniz' Brusthaar, das sich im Ausschnitt kräuselte.

Nils stand nicht auf Körperbehaarung, weswegen er sich unterhalb der Nase regelmäßig alles abrasierte. Er runzelte die Stirn, als er feststellte, dass die Haare zu Deniz passten. Auch dessen Arme waren stärker behaart. Sein Gesicht zierte ein ordentlich gestutzter Vollbart mit scharfen Konturen. Das Kopfhaar war kurz geschnitten.

Nils' Blick blieb an den braunen Augen seines Gegenübers hängen. Bildete er sich das ein oder sah Deniz verlegen aus? Nils guckte genauer hin und erahnte die leichte Röte auf den Wangen des Südländers. Das war irgendwie süß. War er überhaupt Südländer?

»Bist du hier geboren?«

»Ähm. Hallo, Nils.« Deniz räusperte sich und trat einen Schritt zurück, was Nils bedauerte, denn er roch erstaunlich gut dafür, dass es in dem Kiosk so warm war.

Nils lächelte und war überrascht, dass sein Name bekannt war. Natürlich wussten er und seine Clique, dass der Kioskbesitzer Deniz hieß. Ah, okay. Seine Freunde grölten seinen Namen oft genug, wenn sie mehr oder weniger nüchtern hier einkehrten. Von daher war es wohl nicht weiter verwunderlich, dass Deniz wusste, wie er hieß. Vermutlich wusste er das von ihnen allen.

Deniz ging an seinen Tresen, wo die Kasse stand. »Um auf deine Frage zurückzukommen: Ich bin Deutscher, meine Großeltern stammen aus der Türkei.«

Nils nickte verstehend, setzte sich auf den Stuhl, der in einer Ecke neben dem Tresen stand, und deutete auf die Kaffeemaschine.

»Hast du einen für mich?«

»Natürlich, gerne.«

Nils sah Deniz dabei zu, wie er das Getränk in einen weißen Becher mit der Aufschrift *Good Morning Sunshine* goss. Dann kam er zu ihm herüber und reichte ihn Nils. Jedoch ließ Deniz nicht los, als Nils seine Finger bereits um das warme Porzellan gelegt hatte. Stattdessen schien er tief Luft zu holen und schloss für einen Moment die Augen.

Schau an, der Mann war sicher nicht hetero, sein Gaydar schlug eindeutig aus. Das hatte er nicht vermutet, auch wenn Deniz seinen Freunden und ihm gegenüber immer unvoreingenommen und freundlich gewesen war. Und das, obwohl sie ihre Diversität ab und an überdeutlich zur Schau stellten und etwas über die Stränge schlugen, wenn sie hier waren.

Nils schenkte ihm ein strahlendes Lächeln. Er streckte vorsichtig einen Finger aus und berührte damit Deniz' Hand, der sie daraufhin schnell wegnahm und wieder hinter den Tresen eilte.

Seine Reaktion schien ihm peinlich zu sein, was Nils leidtat, denn es war doch süß und nichts, wofür man sich schämen musste.

Glücklicherweise begann sein Magen in diesem Moment laut zu knurren und lenkte von der Situation ab.

»Danke. Und hättest du noch eine Bockwurst? Schätze, mein Magen braucht mal wieder was Handfestes.«

Nils bekam die Wurst und blieb eine geschlagene Stunde in dem Kiosk. Er beobachtete Deniz bei der Arbeit und wie er mit den Kunden umging, die immer mal wieder in den Laden kamen, um etwas zu trinken oder ein Eis zu kaufen.

Wenn keine Kundschaft da war, unterhielten sie sich. Deniz erzählte, wie er an den Kiosk gekommen war und dass seine Familie in der Türkei lebte.

Nils sprach von seiner Zeit an der Uni, und dass er noch bei seinen Eltern wohnte, um Kosten zu sparen. Irgendwann fragte Deniz, wann Nils sein Studium beenden würde. Das verhagelte ihm irgendwie die Laune. Deniz ruderte zurück und entschuldigte sich, doch Nils winkte ab und fing an zu reden.

Dass er mehrere Studiengänge belegt und abgebrochen hatte, darunter Psychologie und Zahnmedizin. Inzwischen studierte er seit Jahren und zählte zu den ewigen Studenten. Das war keine Auszeichnung. Mittlerweile war er bei BWL angelangt. Das musste er bis zum

Ende durchziehen. Um etwas vorweisen zu können und seine Eltern zu beruhigen. Was danach kam? Tja, das wusste er auch nicht.

Über das alles sprach Nils ungern. Nur bei Flo hatte er sich einmal ausgeheult, als dieser völlig breit und in einer dieser düsteren Stimmungen gewesen war. Nils glaubte nicht, dass er sich daran noch erinnerte.

Deniz hörte sich alles an und stellte Fragen, die zeigten, dass er Interesse hatte. Das tat Nils irgendwie gut. Der Mann schaffte es, ihm trotz der Schwere des Themas ein angenehmes Gefühl zu geben. Vor allem bestärkte er ihn darin, dass er irgendwann wissen würde, was er im Leben erreichen wollte. Das machte Nils tatsächlich Mut.

»Haben deine Eltern dich denn zu dem BWL-Studium gedrängt?«

Nils schüttelte langsam den Kopf. Das hatten sie wirklich nicht. Er schätzte schon, dass seine Eltern sich freuen würden, wenn er eines Tages ihr kleines Fünf-Sterne-Hotel übernehmen würde. Aber das war ihm nie als Pflichterfüllung auferlegt worden. Im Gegenteil. Seine Eltern waren immer offen dafür gewesen, dass er lernte, woran er Freude hatte, und später in diesem Beruf arbeitete. Nur wusste er partout nicht, was ihm so viel Spaß machen könnte, dass er es den Rest seines Lebens tun wollen würde.

»Du kannst dich immer noch verändern, weißt du?« Deniz sprach leise und lächelte.

»Ja, stimmt schon. Ich bin einfach nur so frustriert …«

Nils schnaubte und drehte die fast leere Flasche Cola in den Händen hin und her, die Deniz ihm spendiert hatte.

Deniz sah ihn mitfühlend an. Es war angenehm, mit jemandem zu sprechen, der zuhören konnte, ohne zu urteilen.

»Ich möchte meine Eltern nicht enttäuschen. Und es nervt mich auch selbst, dass ich nicht in die Hufe komme … Argh!« Nils grinste schief.

Deniz zeigte auf Nils' Getränk. »Möchtest du noch eine?«

»Nein, danke.« Nils seufzte, trank den Rest Cola aus und stand dann auf. Deniz machte große Augen und sah regelrecht erschrocken aus.

»Keine Sorge, alles okay. Ich muss nur los. Sonntagskaffee bei Mum und Dad. Das darf ich nicht verpassen.« Nils lachte.

Auf Deniz' Gesicht zeichnete sich Erleichterung ab und er stand ebenfalls auf.

»Na dann … danke für die Cola und das Zuhören, schätze ich.« Nils lächelte leicht, er war irgendwie verlegen und wusste nicht recht, wie er sich verabschieden sollte. Einfach *tschüss* sagen und aus dem Laden gehen schien ihm zu wenig. Oder? Er hatte das Gespräch trotz der Ernsthaftigkeit sehr genossen. Er fühlte sich jetzt besser. Es hatte gut getan, in sich zu gehen. Aus einem Impuls heraus hätte er Deniz am liebsten umarmt, aber das schien unangebracht, zumal er immer noch roch, von wegen alte Socke und so.

»Gern geschehen. Es war toll, Gesellschaft zu haben, und danke für dein Vertrauen.«

Deniz streckte Nils seine Hand zum Abschied entgegen und dieser schlug erleichtert ein, denn das löste seine Unsicherheit. Deniz hatte einen angenehmen Händedruck, nicht zu fest, nicht zu weich. Seine Hand war warm und fühlte sich gut in seiner an.

Schnell ließ Nils wieder los, winkte noch mal zum Gruß und verließ den Kiosk.

Kapitel 4

Deniz

Seit Nils überraschend bei Deniz im Kiosk vorbeigeschaut hatte, waren drei Tage vergangen. Und es verging keine Stunde, in der Deniz nicht an das Gespräch dachte, das sie geführt hatten.
Es war das erste Mal gewesen, dass sie sich wirklich unterhalten hatten. Und zwar nicht über das Wetter oder den Kaffee, sondern Privates. Sie hatten über ihr Leben geredet, über ihre Ziele und Wünsche.

Deniz war überrascht gewesen, als Nils ihm gestanden hatte, dass er nicht wirklich wusste, was er mit seinem Leben anfangen wollte. Und er hatte ihm leidgetan, denn das Ganze schien Nils irgendwie doch ziemlich zu belasten. Nun fragte Deniz sich allerdings, ob er bei ihm in irgendeiner Form eine Grenze überschritten hatte. Denn warum sonst sollte er seitdem nicht mehr auftauchen? Das war ungewöhnlich.

Normalerweise kam Nils täglich, um eine Kleinigkeit zu kaufen. Kaugummis, einen Kaffee oder Alkohol. Oh! Und er hatte oft Kondome gekauft. Mal zusammen mit Gleitgel, mal ohne. Aber Deniz hatte ihn irgendwie vergrault. So musste es sein.

Nils, Nils, Nils! Seine Gedanken kreisten immer wieder um diesen großen Mann mit den sanften Händen, der tollen Stimme und dem ansteckenden Lachen. Und sein Geruch erst! Zwar hatte Nils nicht taufrisch gerochen, als er bei ihm im Laden gesessen hatte, aber dennoch hatte Deniz darauf reagiert. Zum einen hätte er am liebsten dicht bei ihm sitzen und seinen Duft immer weiter einatmen wollen. Zum anderen hatte er aber auch Abstand gebraucht, damit ihn der Geruch nach Sex, der Nils eindeutig angehaftet hatte, nicht um den Verstand brachte. Etwas in Deniz' Innerem regte sich und wollte Ansprüche geltend machen. Und dieses Etwas war außer sich, dass Nils Sex gehabt hatte, schon wieder, aber immer noch nicht mit ihm!

Deniz schnaubte laut auf und fuhr damit fort, Colaflaschen in eins der Regale zu füllen. Nils hatte sich einmal beschwert, dass er nur eisgekühlte Softdrinks verkaufte, und seitdem stellte er die Hälfte der Getränke nicht mehr in die Kühlung. Da war er schon wieder!

Er schaffte kaum einen Gedanken, der nicht von dem süßen Studenten beherrscht wurde.

Deniz hörte die Klingel und dass jemand hereinkam. Die Nacht brach bereits an und er hatte durch die ganze Grübelei vergessen, die Tür abzuschließen. Nicht zum ersten Mal in dieser Woche. Er musste wieder aufmerksamer sein und daran denken! Nach Einbruch der Dunkelheit wollte er lieber durch das kleine Kioskfenster bedienen. Aus Sicherheitsgründen und damit ihm niemand den Laden vollkotzte.

»Ach, Mist«, murmelte er.

»Wasn los?«

Deniz' Nackenhaare stellten sich auf und er drehte sich langsam um, während sein Herz einen Purzelbaum nach dem anderen schlug. Da stand Nils. Groß, hübsch – und leider völlig dicht. Deniz atmete hörbar aus.

»Hallo, Nils. Harten Abend gehabt?«

»Oh ja, seeehr hart.«

Deniz errötete leicht, als sein Gegenüber anzüglich lachte und sich kurz mit der Hand in den Schritt griff. Nils schwankte auffallend und machte Anstalten, sich an dem Aufsteller mit Postkarten festzuhalten, der neben ihm stand. Ganz schlechte Idee. Denn der würde ihn nicht halten. Deniz machte einen Schritt auf Nils zu und hielt ihn mit beiden Händen an den Armen fest, bevor der noch samt

Kartenständer in das Regal mit den Spirituosen krachte.

»Fuck … Bin besoffen …«

Während er Nils weiterhin festhielt, kam der näher und lehnte sich gegen ihn. Deniz veränderte leicht seinen Stand, um ihn bequem halten zu können. Da er kräftig war, machte ihm das keine Probleme, auch wenn der blonde Hüne ihn um etwa einen halben Kopf überragte.

Dann spürte Deniz ein aufgeregtes Kribbeln im Bauch, als Nils den Kopf auf seine Schulter legte, und er hörte, wie dieser tief die Luft einsog.

»Mmh, du riechss gut … Úndu biss soo behaart.«

Auf einmal fühlte Deniz Nils' Fingerspitzen, die sanft über die Haare fuhren, die aus seinem Hemdausschnitt lugten. Ab diesem Moment spielte sein Körper verrückt. Obwohl Deniz deutlich vor Augen hatte, dass Nils betrunken und nicht Herr seiner Sinne war, wuchs seine Erregung.

»Steh ganich auf haarige Typen … Aber bei dir isses heiß.«

Deniz schnaubte. Halb vor Lachen, weil Nils so süß lallte, halb vor Anspannung. Seine Erregung bekam einen kleinen Dämpfer und er überlegte, was diese Aussage nun bedeutete, als Nils sein Hemd einen Knopf weiter öffnete und anfing, sein Brusthaar zu kraulen.

»Okay, ich denke, du hattest eindeutig genug. Ich schließe jetzt ab und dann bringe ich dich nach oben.«

»Oben?« Nils runzelte ganz zauberhaft die Stirn. Dann schien er zu verstehen. »Ah, inne Wohnung? Undann?« Seine Augen waren mit einem Mal nicht mehr ganz so trübe, als er grinsend zu den Kondomen in der Auslage sah.

Deniz zog amüsiert die Brauen hoch und schüttelte dann den Kopf. Auch wenn es ihm im ersten Moment schwerfiel.

»Das machen wir auf keinen Fall. Ich schlafe nicht mit Männern, die nicht wissen, was sie tun.«

»Dassis ehrenhaft von dir … Kannich dann dich?«

Deniz keuchte auf und sah Nils einen Moment lang fassungslos an. Er versuchte, der Hand auf seiner Brust nicht zu viel Aufmerksamkeit zu schenken. Dann beschloss er, auch Nils' Gerede zu ignorieren. Das wäre vermutlich das Beste in dieser Situation.

Er schob Nils sanft vor sich her, bis sie draußen waren, und schloss den Laden ab. Es war echt nervig, dass aus dem Inneren kein direkter Weg nach oben in seine vier Wände führte. Aber er schaffte es, die Wohnungstür neben dem Kiosk zu öffnen, ohne dass sein Überraschungsgast umfiel. Dann brachte er ihn die Treppe hoch und dirigierte ihn auf die Couch im Wohnzimmer. Es dauerte nicht lange und Nils schlief ein.

Puh. Das wäre geschafft.

Deniz setzte sich in seinen Lesesessel und erlaubte sich, Nils beim Schlafen zu beobachten. Okay, vielleicht machte er sogar ein paar Fotos von ihm. Er fühlte sich nicht ganz wohl dabei, konnte aber nicht widerstehen. Es war die einzige Chance, sich später Nils nahe zu fühlen. Und er würde sie auch keinem zeigen.

Die Nacht verlangte Deniz alles ab. Er musste mehrfach hoch, weil Nils unruhig wurde und sich schließlich doch noch übergab. Danach schlief sein Gast seelenruhig weiter, aber Deniz fand keine Ruhe. Hatte seine Schwärmerei für Nils bereits am Sonntag neue Nahrung erhalten, so war er nun hoffnungslos in ihn verliebt. Doch das hatte keine Aussicht auf Erfolg. Er bezweifelte, dass Nils ihn im nüchternen Zustand angebaggert hätte.

*Oh Mann. M*issmutig wälzte Deniz sich im Bett herum und lauschte auf jedes noch so kleine Geräusch aus dem Wohnzimmer. Wie konnte er nur so darauf ansprechen, dass ihm jemand nahekam, der keinen Hehl daraus machte, dass er nicht auf Deniz stand?

Er sollte sich das aus dem Kopf schlagen, ein für alle Mal. Nils war betrunken gewesen und hatte Ablenkung gesucht. Und Deniz war nur zufällig gerade da gewesen. Als Einziger. Mehr war da nicht. Mit einem unwilligen Schnauben drehte er sich auf die andere Seite und versuchte, seinen Liebeskummer weiter mit rationalem Denken zu übertünchen.

Kapitel 5

Nils

»Und du hast wirklich sein Brusthaar gekrault? Brusthaar? Du?« Flo feixte.

Nils saß peinlich berührt bei seinen Freunden und ließ zu, dass diese ihn nach seinem Geständnis auseinandernahmen. Die Jungs hatten sich getroffen, um gemütlich bei einem Bier zu quatschen, bevor es für Flo und ihn später noch weitergehen würde. Nils blieb aber bereits jetzt bei Wasser. Er hatte seine Sauftour von Mittwoch immer noch nicht verdaut.

»Ich weiß es halt nicht genau. War völlig neben der Spur. Aber ich glaube nicht, dass ich das geträumt habe. Fuck, ist das peinlich. Ich muss mir einen neuen Kiosk suchen.«

»Da lässt man dich einmal alleine weggehen und dann so was!« Paul zog die Brauen hoch und sah nicht begeistert aus. »Du solltest unter der Woche echt nicht mehr ohne uns losziehen.«

Er hatte leicht Reden. Schließlich trank er selten bis nie.

»Paul hat recht«, stimmte Peter zu. »Am Wochenende haben wir dich wenigstens unter Kontrolle.«

Nils wusste, dass es hätte schlimmer kommen können. Sicher, er war oft betrunken, aber nie bis zum kompletten Filmriss. Doch den hatte er diesmal. Zumindest teilweise. Er konnte sich nicht mehr an alles erinnern. *Scheiße*. Wenn er mit seinen Freunden unterwegs war, gab es eine Regel: dass mindestens einer aus ihrer Gruppe nüchtern blieb. Mit diesem Grundsatz waren sie immer gut gefahren. Gerade, weil Flo gerne mal über die Stränge schlug, wenn er hier war.

»Kommt nicht wieder vor. War eh ne Scheißidee. In der Uni hab ich am Donnerstag auch alles verpasst.«

»Aber Deniz scheint ja echt anständig zu sein. Zumal er sich die halbe Nacht um dich gekümmert hat. Süß. Das klingt nicht so, als müsstest du ihn meiden.«

Flo zwinkerte ihm zu, und Nils seufzte. Ja, Deniz hatte ihn am nächsten Morgen wie immer behandelt. Er hatte sich nicht beschwert und nichts darüber verlauten lassen, wie Nils sich am Vorabend benommen hatte. Aber ihm war Deniz' Verlegenheit durchaus aufgefallen.

Also musste da was gewesen sein. Als Nils ihn gefragt hatte, ob er ihm zu nahe gekommen war, hatte Deniz nur abgewunken. Doch das passte nicht zu seinem Verhalten. Etwas musste vorgefallen sein. Hoffentlich nur die Nummer mit dem Brusthaar. Das war ihm schon peinlich genug.

Nils bekam mit, wie Flo unauffällig zur Uhr sah. Er war nicht wirklich in Stimmung für einen Besuch im BDSM-Schuppen. Aber er hatte es versprochen und für Flo war es wichtig, das wusste er.

»Okay, Leute. Dann lasst uns mal langsam Schluss machen hier.«

»Wollt ihr zwei alleine sein?« Tony grinste sie beide anzüglich an. Nils rollte nur mit den Augen und schnaubte.

Eine halbe Stunde später waren sie unterwegs zum Club. Als er Flos Aufregung spürte, musste er lächeln. Er liebte seinen Freund und genoss es, das für ihn zu tun.

Am darauffolgenden Abend saß Nils mit Paul an der Bar des »Darkside«, ihrem gemeinsamen Stammclub.

Grinsend kam Tony von der Tanzfläche und legte einen Arm um Paul. »Tanz mit mir!«

Paul schüttelte den Kopf. »Heute nicht, bin müde.« Er gähnte verhalten.

Sofort nickte Tony. »Alles klar. Flo ist bestimmt bald fertig. Dann gehen wir.«

Nils hörte bei dem Gespräch der beiden nur halb zu. Er sah missmutig auf den Eingang des Darkrooms, wo Flo vor Kurzem verschwunden war, um sich ficken zu lassen. Unglaublich, wie viel der trinken konnte, ohne seinen festen Gang einzubüßen. Vielleicht lag das an seinem Job als Zimmermann? Nils überlegte, ob er selbst mit dem Trinken aufhören sollte, aber er hatte das Desaster auf dem Klo noch nicht vergessen. Schwer seufzte er. Bloß nicht dran denken. Kurz entschlossen stand er auf. »Ich geh mal Flo hinterher.«

Nils gab Tony einen Klaps auf die Schulter. Der nickte, dass er verstanden hatte, und versuchte weiter, sich mit Paul über die Musik hinweg zu unterhalten.

Leicht schwankend durchquerte Nils den Tanzbereich des Clubs und hielt auf den schweren Vorhang des Darkrooms zu.

Entgegen der allgemeinen Annahme war es im Darkroom nicht komplett duster. Es herrschte eher eine Art Zwielicht. Wie sonst sollte Mann sich da drin einigermaßen zurechtfinden?

Nils ging hinein und vernahm hier und da ein anregendes Keuchen, Stöhnen oder das Klatschen von Haut auf Haut. Er war an den ersten zwei Paaren vorbei, als links von ihm jemand seine Hand mit Schmackes auf den blanken Oberschenkel eines Mannes schlug, in dem er sich gerade bis zum Anschlag vergraben hatte. Darauf folgte ein langgezogenes Stöhnen, was Nils eindeutig kannte. Das würde also noch ein bisschen dauern. Nils ging weiter und überlegte, ob auch er einen neuen Versuch starten sollte.

Kapitel 6

Deniz

Missmutig sah Deniz auf den Karton mit Süßigkeiten, die er gerade mit Preisschildern versah. Es war zwei Uhr morgens, er hatte Kopfschmerzen und Augenringe so groß wie Wagenräder. Er hatte versucht zu schlafen. Doch es schien, als wäre es ihm nicht mehr vergönnt, Ruhe zu finden. Seit Nils am Donnerstagmorgen seine Wohnung verlassen hatte, füllte Unruhe Deniz' Inneres. Sein Gast hatte sich nicht erinnert, wie er auf der Couch gelandet war, und sich sichtlich unwohl gefühlt.

Nachvollziehbar, wenn man bedachte, dass Deniz auch ein durchgeknallter Irrer hätte sein können. Es war immer besser, die Kontrolle zu haben und mit dem Trinken aufzuhören, bevor der Filmriss all den Spaß, den man zuvor gehabt hatte, zunichte machte.

Jedenfalls hatte er Nils versichert, dass nichts zwischen ihnen gelaufen war, und das ent-

»Ich hab das Licht im Laden gesehen und das hat mich gewundert, weil du um diese Zeit immer geschlossen hast. Wollte sehen, ob bei dir alles okay ist.«

Deniz verstand und sein Herz quoll über vor Sympathie für diesen Mann. Er sorgte sich um ihn, also mochte er ihn wirklich, oder? Aber wie sehr, das war die Frage. Und somit stand er wieder am Anfang. Er räusperte sich verlegen.

»Das ist nett von dir. Alles in Ordnung. Ich konnte nur nicht schlafen. Es ist ziemlich warm unterm Dach.«

Nils nickte verstehend und setzte sich. Es schien, als wollte er sich länger niederlassen. Deniz wusste nicht genau, was er davon halten sollte. Er war geschafft und ein Stück weit überfordert mit der Gesamtsituation.

»Ich hatte einen beschissenen Abend.«

Deniz' Blick flog zu Nils und leichte Besorgnis machte sich in ihm breit. Er war nicht sicher, ob er darauf eingehen sollte, doch sein Mund verselbstständigte sich.

»Möchtest du darüber reden?«

Nils sog schwer die Luft ein und atmete dann laut aus.

»Ach, ich versteh es einfach nicht. Da war diese Frau, okay? Wir sind zusammen auf dem Klo verschwunden, für nen Blowjob. Und dann pack ich ihn aus und sie sagt *Nein*. Ist das zu fassen? Sie hat mein Teil angesehen, *Nein* gesagt und ist gegangen.«

Okay?! Das hatte Deniz nicht erwartet, aber nun war es zu spät. Er hatte es gehört. Kaum merklich schüttelte er den Kopf, um seine Gedanken zu ordnen. Zugegeben, das war bitter. Wenn ihm das passiert wäre, würde er das wohl auch nicht so schnell abschütteln können. Bevor er jedoch etwas sagen konnte, redete Nils weiter.

»Was solls, dachte ich, da kann ich mit umgehen. Entgeht ihr was, so what. Aber dann bin ich in den Darkroom, um wen zum Vögeln zu finden. Hat auch geklappt. Und dann hole ich wieder meinen Schwanz raus und der Typ guckt mich an und sagt, dass ich ihm zu groß bin. Im Ernst? Erst die Tussi und dann der noch hinterher?«

Nils schnaubte laut und stand leicht schwankend auf.

»Ich mein, er ist größer als Durchschnitt, aber bisher hat sich keiner beschwert. Und jetzt zwei an einem Abend. Ich denke, mein Schwanz ist okay, oder?«

Deniz schwirrte der Kopf. Das war eindeutig zu viel Input. Doch bevor er etwas dagegen tun konnte, hatte Nils seine Jeans aufgeknöpft und sie samt Unterwäsche mitten in seinem Kiosk nach unten gezogen.

»Er ist doch okay, oder? Ich mein, er ist groß, ja. Aber wieso will ihn denn keiner?«

Deniz schluckte hart und merkte, dass Nils unsicher wurde, weil er nichts sagte. Er versuchte, nicht auf den Schaft vor ihm zu starren, aber es gelang ihm nicht. Nils war überdurchschnittlich groß. Er konnte verstehen, dass jemand es da mit der Angst bekam und kniff, wenn es darum ging, passiv zu sein. Dennoch war dieses Glied wunderschön. Und obwohl es in dieser Situation nicht angebracht war, merkte Deniz, wie sein eigener Penis zum Leben erwachte.

Er ignorierte das Ziehen in seinem Unterleib und versuchte, seinen Blick zurück auf Nils' Augen zu richten. Beim zweiten Anlauf gelang es ihm. Nils sah ihn aufmerksam und vollkommen ernst an. Es war deutlich, dass er eine Antwort erwartete.

Deniz war so verlegen, dass er sich räuspern musste, bevor er sprach.

»Er ist wunderschön.«

Erleichterung durchzog Nils' Mimik und ein Lächeln schob sich auf sein Gesicht.

»Ich denke nicht, dass ich zu so einem schönen Penis *Nein* sagen würde.« Deniz schlug sich die Hand vor den Mund und fragte sich, ob er von allen guten Geistern verlassen war, das laut zu sagen.

Nils kicherte und zwinkerte ihm neckisch zu, bevor er sich mühsam wieder anzog.

»Oh mein Gott, was hast du getan? Dich kann man auch keine Minute alleine lassen. Sorry, Mann.«

Deniz hatte gar nicht gemerkt, dass einer der anderen Jungs den Kiosk betreten hatte, und erschrak. Er fragte sich, wie viel der mitbekommen hatte, denn die ganze Sache war ihm furchtbar unangenehm. Zumal Nils nicht nüchtern war.

»Flo, mein Schatz. Deniz sagt, mein Schwanz ist vollkommen in Ordnung. Und wenn er das sagt, stimmt das auch. Er sagt nämlich immer so kluge Sachen. Wie neulich mit meinem Studium … und … ach egal. Die anderen haben doch alle keine Ahnung.«

Deniz' Blick fiel auf Flo, der nur mühsam ein Lachen unterdrückte und seinem Freund half, den letzten Knopf seiner Hose zuzumachen.

»Hab ich dir doch gesagt. Mit der Größe an sich war ich auch zufrieden, wenn ich dich erinnern darf.«

Deniz stellten sich die Nackenhaare auf bei dem Lachen, das nun aus Nils' Kehle kam. Die beiden hatten also was miteinander. Na toll. Für Deniz war dieser Flo viel zu nah an seinem Nils.

»Komm, Großer, lass mich dich nach Hause bringen. Paul scharrt draußen schon mit den Hufen und ich hab morgen ein paar Stunden im Auto vor mir. Für heute reichts.«

»Okay.«

Nils verabschiedete sich von Deniz und strahlte ihn noch einmal regelrecht an, dann wandte er sich wieder seinem Freund zu. »Können wir kuscheln?«

Deniz schnaubte auf und man sah ihm wahrscheinlich an, was er von all dem hielt. Er wollte weder wissen, dass Nils mit wem auch immer rummachte noch, dass die zwei kuscheln würden, während er sich alleine in seinem Bett nach Nils verzehrte.

Flo musterte ihn kurz, dann grinste er. Deniz zog die Brauen zusammen und sah ihn ungehalten an.

Dann wurde Nils von Flo aus dem Laden geschoben, und er gesellte sich zu Paul und Tony, die nach wie vor warteten. Deniz zog schnell das Gitter hinter ihnen zu und schloss es ab. Ihm reichte es für heute auch. Er wollte gerade die Tür schließen, da kam Flo noch mal zu ihm und lächelte ihn an.

»Keine Sorge. Nils und ich haben schon vor langer Zeit herausgefunden, dass wir nicht kompatibel sind. Er ist mein bester Freund.«

Deniz nickte, als Zeichen, dass er verstanden hatte.

Flo kicherte und Deniz wurde rot vor Verlegenheit. Er runzelte die Stirn und sah Nils' Freund in die Augen, um abzuschätzen, ob der sich über ihn lustig machte. Doch das tat er nicht. Erst jetzt, wo sie sich so nahe waren, fiel ihm auf, dass Flo ebenfalls nicht mehr nüchtern war. Bisher war er aufgrund seines Verhaltens davon ausgegangen, aber das war ein Trugschluss gewesen. Seine Augen waren ziemlich glasig.

»Okay, dann gute Nacht. Ähm, bist du sicher, dass ihr gut nach Hause kommt?«

Deniz war wieder besorgt und Flo grinste.

»Das werden wir. Paul ist nüchtern. Er wird aufpassen, dass wir heimkommen und dass sich nicht noch mal jemand entblößt.«

Deniz schluckte und schloss die Tür, während Flo noch immer grinste und Paul fragend von einem zum anderen sah. Er würde sie nun sich selbst überlassen, denn er hatte genug.

Eine halbe Stunde später lag Deniz nackt in seiner überhitzten Wohnung auf dem Bett. Er versuchte einzuschlafen, ohne Hand an sich zu legen. Doch das war gar nicht so einfach. Immer wieder schob sich Nils vor seine Augen, wie er seine Hose öffnete und blank zog. Deniz hatte die Erektion seines Lebens und war zwischen Moral und Gelüsten hin und her gerissen.

Kapitel 7

Nils

Zum wiederholten Mal raufte Nils sich die Haare und blickte in die Webcam. Flo grinste ihn breit an und wirkte amüsiert.

»Fuck, Mann. Warum mache ich immer so eine Scheiße, wenn ich in seine Nähe komme?«

Sie redeten mal wieder darüber, was im Kiosk passiert war. Denn irgendwie ließ es Nils einfach keine Ruhe. Er hatte blank gezogen, quasi in der Öffentlichkeit und vor Deniz! Das war definitiv sein persönlicher Tiefpunkt. Er schämte sich furchtbar, und Flo musste sich seitdem fast täglich sein Gejammer anhören.

»Ach, ich hätte da die eine oder andere Theorie.« Flo lachte und trank einen Schluck.

»Ich bin nicht verknallt.« Nils merkte selber, wie er rot wurde, und seufzte. »Na schön, du hast recht. Es sieht so aus, aber nein. Er ist überhaupt nicht mein Typ. Viel zu ruhig und zu viele Haare.«

Und schon flogen Nils' Gedanken wieder zu Deniz' Brusthaar. Das hatte es ihm angetan. Zu seiner Verwunderung kribbelte es in seinem Bauch und sein Schwanz zuckte leicht. Er bekam große Augen, kniff sie dann zusammen und legte die Hände vors Gesicht.

»Ich frag jetzt mal nicht näher nach. Die Erkenntnis steht dir regelrecht ins Gesicht geschrieben. Nur eins noch: Vielleicht wird es Zeit, dich in ruhigere Fahrwasser zu begeben.«

Genervt schnaubte Nils.

»Was willst du denn damit sagen?«

»Du hast letztes Wochenende gesagt, dass du keinen Bock mehr auf die ganze zwanglose Fickerei hast.«

»Ja, aber da war ich verzweifelt, weil alle meinen Schwanz zu groß fanden und Angst hatten, dass ich sie damit verletze oder so.«

Nils verdrehte die Augen und Flo lächelte milde.

»Nicht alle. Deniz sagte was von wunderschön, wenn ich mich nicht irre.«

»Gott, das ist so peinlich.«

»Nils. Jetzt krieg dich mal wieder ein. Niemand außer uns dreien hat es mitbekommen. Und du sagst doch, dass Deniz dich immer normal behandelt hat, als du die letzten Tage da warst. Also: so what?«

Nils kratzte sich verlegen am Kopf und dachte an den Vortag zurück.

»Wir sind beide rot geworden. Das war auch peinlich.«

Flo grinste und winkte ab. Er hatte das alles schon ein paar Mal gehört. Dann sah er an der Cam vorbei und schaltete das Mikrofon aus. Seine Gesichtszüge veränderten sich und wurden härter. Das Mikro ging wieder an und er sah zu Nils.

»Alles in Ordnung bei dir?«

Flo verzog das Gesicht, atmete dann tief ein und stoßweise wieder aus. »Passt schon. Das übliche Drama. Ich muss gleich Schluss machen.«

Mitfühlend schüttelte Nils den Kopf. Flo hatte es nicht leicht zu Hause. Seine Familie stellte hohe Ansprüche an ihn. Und obwohl er diese zu mehr als hundert Prozent erfüllte, wie Nils fand, sahen Flos Eltern das immer anders.

»Du solltest Urlaub machen und länger herkommen. Vielleicht während meiner Semesterferien, dann könntest du dich mal richtig entspannen. Ist doch der totale Stress für dich, immer nur so kurz zu bleiben, bei der ganzen Fahrerei.«

»Ja, da ist was dran. Ich überleg es mir. Wir haben halt viele Aufträge. Weißt du ja.«

»Scheißegal. Jeder hat ein Anrecht auf Urlaub. Auch der Sohn des Chefs. Der gerade, wenn du mich fragst.«

Flo nickte bedrückt, winkte noch mal in die Kamera und beendete die Verbindung. Nils runzelte verwundert die Stirn. Sein Freund war eindeutig unglücklich und irgendwas war da schon wieder los. Er machte sich ernsthafte Sorgen. Auch seine Eltern hatten schon mit Flo geredet und wollten gern helfen. Die Entfernung machte das Ganze allerdings schwierig.

Seufzend stand Nils vom Schreibtisch auf und streckte sich. Er hatte eigentlich geplant, den Abend mit Flo zu verbringen, wenn auch nur virtuell. Da daraus nun nichts wurde, überlegte er, was er sonst machen könnte. Sollte er sich die Bücher vornehmen? In Gedanken hatte er sich bereits mit dem Thema seiner Bachelorarbeit auseinandergesetzt und könnte versuchen, schon mal ein grobes Skript zu erstellen. Nils blickte zu dem Stapel Bücher, der neben seinem Bett auf dem Boden lag, und verzog das Gesicht. Er konnte sich nicht dazu durchringen.

Stattdessen schnappte er sich einen Hoodie, wickelte ihn um die Hüfte und verließ das Haus.

Kapitel 8

Deniz

Deniz schloss seinen Kiosk heute zum zweiten Mal auf und nahm das „*Bin gleich wieder da*"-Schild ab, das an der Glasscheibe der Eingangstür hing. Er hatte einer seiner Stammkundinnen geholfen, ihren Einkauf nach Hause zu tragen. Die alte Dame war frisch operiert und sollte sich nicht anstrengen. Kinder gab es nicht, zuvorkommende Nachbarn, die das für sie erledigen konnten, wohl auch nicht.

Nachdenklich runzelte Deniz die Stirn. Ob er eines Tages auch so enden würde? Ohne Kinder oder sonstige Verwandte vor Ort könnte es im Alter schwer werden. Er schüttelte den Gedanken ab, hatte keine Lust, sich davon die Laune verderben zu lassen.

Deniz ging hinter seinen Tresen und nahm sich vor, die Tabakbestände zu prüfen. Es würde zwar etwas dauern, doch im Endeffekt würde er froh sein, das erledigt zu haben.

Draußen dunkelte es inzwischen und Deniz konnte sich nicht mehr so wirklich auf seine Aufgabe konzentrieren. Seine Gedanken schweiften wiederholt zu Nils. Ein breites Lächeln legte sich auf sein Gesicht, als er an ihre Begegnung am frühen Morgen dachte. Seit dem letzten Zwischenfall kam er täglich, um sich seine Dosis Koffein bei Deniz abzuholen. Die ersten Tage hatte er noch gedacht, Nils wolle sich entschuldigen. Doch das hatte der nicht getan. Stattdessen hatte er immer eine leichte Röte auf den Wangen gehabt und mehr oder weniger verkrampften Small Talk mit ihm gehalten.

Auch Deniz war verlegen gewesen. Er hatte sich gefragt, ob er noch mal etwas dazu sagen sollte. Aber wahrscheinlich hätte das alles nur noch unangenehmer gemacht. Also hatte er es dabei belassen. Doch die ganze Sache ließ Deniz einfach nicht los.

Nils' Schwanz war wunderschön. Das hatte er ernst gemeint. Und nun konnte er an nichts anderes mehr denken. Bisher hatte er eigentlich keine besonderen Vorlieben gehabt, was Größe oder Dicke anging. Allerdings musste er zugeben, dass Nils' bestes Stück ziemlichen Eindruck auf ihn gemacht hatte. Es war lang, sehr lang, beschnitten und mit Adern überzogen.

Deniz spürte die aufkeimende Erregung, die allein bei der bloßen Erinnerung Besitz von ihm ergriff. Der Anblick, wie Nils seine Hose heruntergezogen und sein Penis schlaff heruntergehangen hatte, war einfach extrem heiß gewesen. Er verfolgte ihn nicht nur abends im Schlafzimmer, wenn er versuchte zu schlafen, sondern auch in seinen Tagträumen. Okay, vielleicht stimmte es nicht ganz, dass er keine Vorliebe hatte. Ihm war egal, ob Top oder Bottom, ob groß oder klein – aber eine Schwäche hatte er. Er liebte es, wenn sie schlaff waren. Er stand darauf, sie anzusehen, wenn sie friedlich schlummernd da lagen, so schön und weich. Und wie sie dann unter seiner Hand oder in seinem Mund langsam zum Leben erwachten. Ein schlaffer Penis fühlte sich für ihn einfach wunderbar an.

»Nicht schon wieder.« Deniz schnaubte, griff mit einer Hand an seine Hose und richtete sich. Eine weitere Nebenwirkung des visuellen Wochenendreizes. Himmel, er war diesem Bengel hoffnungslos verfallen. Jetzt noch mehr als vorher. *Mist.*

Aus dem Augenwinkel nahm Deniz eine Bewegung wahr und erschrak. Er hatte gar nicht gemerkt, dass jemand den Laden betreten hatte. Stattdessen war er so in seine Tagträume von Nils vertieft gewesen, dass die Tür wieder einmal nicht rechtzeitig abgeschlossen war. Er sollte sich eine Erinnerung im Handy einrichten, um künftig daran zu denken, bevor es dunkel wurde.

»Guten Abend. Ich bin gleich für Sie da.«

Er zählte den letzten Stapel Zigarettenschachteln, dann drehte er sich mit einem Lächeln auf den Lippen um … und sah in den Lauf einer Pistole.

Deniz gefror das Blut in den Adern. Er hatte den aberwitzigen Gedanken, dass seine Erektion nun weg war und dass dies der Moment war, von dem er gehofft hatte, ihn nie zu erleben. Seine Hände zitterten unkontrolliert und sein Mund wurde so trocken, dass er kaum schlucken konnte.

Etwas schlug Deniz vor die Brust. Erst als er seinen Blick von der Pistole abwandte, nahm er wahr, dass der Typ ihm einen Jutebeutel hinhielt. Mit der Waffe deutete er nun ungeduldig auf die Kasse.

Deniz fühlte sich wie gelähmt, und doch schaffte er es, sie zu öffnen und das Geld in den Beutel zu stecken. Der Mann kam um den Tresen herum und trieb ihn mit Gesten zur Eile an. Er unterstrich seinen Wunsch mit einem Schlag gegen Deniz' Schulter, der ihn aufstöhnen ließ.

Endlich hatte er alles Geld in den Beutel getan und streckte ihn dem ganz in Schwarz gekleideten Räuber zitternd entgegen. Der Mann war zwar nicht größer als er, aber um einiges breiter. Das Arschloch griff jedoch nicht zu, sondern schlug erneut gegen Deniz' Schulter. Dann zeigte es unwirsch auf die Zigaretten. Deniz verstand. Hektisch stopfte er wahllos Schachteln zu dem Geld.

Deniz' Gehirn arbeitete nicht mehr. Im Gegenteil, es fühlte sich an wie Brei. Er wusste nicht, was er tun sollte. Um Hilfe schreien, den Täter angreifen oder alles rausrücken und hoffen, dass er schnell verschwand? Letzteres schien die beste Alternative zu sein und so hielt er sich daran.

So lange, bis der Mann ihm den Beutel gewaltsam aus den Händen riss und ihn ein dumpfer Schmerz am Kopf zu Boden gehen ließ.

Als Deniz langsam wieder zu sich kam, war es still um ihn herum. War er im Bett? Er konnte sich nicht erinnern, den Laden abgeschlossen zu haben und nach oben gegangen zu sein. Und warum war ihm so kalt?

Ein stechender Schmerz fuhr durch seinen Körper, als er versuchte, sich zu bewegen. In diesem Moment fiel ihm alles wieder ein. Er war überfallen und niedergeschlagen worden. Mühsam öffnete er die Augen, doch es blieb dunkel um ihn herum.

Panik machte sich in ihm breit. Hatte der Typ so hart zugeschlagen, dass er nun blind war? Doch dann gewöhnten sich seine Augen an die Dunkelheit und er erkannte das wenige diffuse Licht, das durch das Fenster und den Glasausschnitt der Tür hereinkam.

Zuerst war er erleichtert, doch dann wurde Deniz seine Situation erst richtig klar. Der Scheißkerl hatte das Licht ausgemacht, bevor er gegangen war. Er hatte ihn liegen lassen, und alle, die nun am Laden vorbeikämen, würden denken, dass er schon geschlossen hatte.

Von dort aus, wo Deniz lag, konnte er die Eingangstür nicht sehen. Wenn das Gitter nicht zu war, würde vielleicht jemand aufmerksam werden. Er konnte nur hoffen. Sein Handy hatte Deniz natürlich nicht bei sich. Und der Versuch, sich aufzurichten und um Hilfe zu schreien, scheiterte. Sofort wurde ihm schwarz vor Augen. Er musste sich anstrengen, bei Bewusstsein zu bleiben, und er war furchtbar schwach.

Deniz' Kopf lag in einer Flüssigkeit, so viel hatte er inzwischen mitbekommen. Es musste sich um Blut handeln, sein Blut. Vielleicht hatte er eine Gehirnerschütterung oder gar irgendeine Fraktur? Er durfte keinesfalls einschlafen, doch die Müdigkeit ließ sich kaum zurückdrängen. Außerdem war ihm kalt, so furchtbar kalt.

Wenn Nils doch bei ihm wäre. Was der wohl gerade machte? War er wieder feiern oder an diesem Abend zu Hause geblieben? Sein Nils, mit dem wunderschönen Lächeln. Ob er ihn noch mal sehen würde?

Deniz war so müde. War es überhaupt noch Abend oder schon tiefe Nacht? Er wusste es nicht. Durfte er es wagen, einen Moment die Augen zu schließen? Sie offen zu halten war so verdammt anstrengend. Vielleicht nur einen Augenblick.

Kapitel 9

Nils

Wie von selbst hatten Nils' Füße ihn durch die Innenstadt und somit in die Nähe von Deniz' Kiosk getragen. Es war verrückt, wie sein Körper scheinbar ohne Zutun seines Geistes auf diesen Mann fixiert war. Hatte Flo mit seinen Andeutungen recht gehabt und er benahm sich in Deniz' Nähe daneben, weil er insgeheim auf ihn stand? Seufzend sah Nils in die Richtung, in der der Kiosk lag.
Er sollte der Sache auf den Grund gehen. Fakt war, dass er auffällig oft die Nähe des ruhigen Mannes suchte. Er fühlte sich wohl bei ihm und genoss ihre Gespräche.

Als sie über sein Studium gesprochen hatten, war Nils einiges klar geworden. Offensichtlich hatte er die Gedanken an seine Zukunft mit Partys und Ficken erfolgreich auf Abstand gehalten. Und dass das nicht so weitergehen konnte, war ihm durchaus bewusst.

Ein Wunder, dass Deniz ihn trotz allem zu mögen schien. Ihm war aufgefallen, dass er in Nils' Anwesenheit öfter errötete. Und auch die leichte Beule in seiner Jeans beim Besuch heute Morgen, bevor Deniz sich hinter dem Tresen verschanzt hatte.

Nils lächelte versonnen. Es war eindeutig, dass Deniz auf ihn stand, trotz seiner ganzen Eskapaden. Er kannte nicht nur seinen neu entdeckten Hang zum Exhibitionismus, sondern auch die Gespräche, die er mit seinen Freunden im dunen Kopf in Deniz' Beisein geführt hatte. Da war es nicht selten um ausschweifende Abenteuer in Sachen Sex gegangen. Deniz dürfte ziemlich gut im Bilde darüber sein, was er schon alles gemacht hatte. Sex mit Männern, Frauen, Dreier, Fesselspielchen. Oh Mann, es war ein Wunder, dass Deniz scheinbar trotzdem heiß auf ihn war. Oder gehörte er zu der Sorte *Stille Wasser sind tief*? Das lag durchaus im Bereich des Möglichen. Lange Rede, kurzer Sinn: Er würde der Sache auf den Grund gehen.

Der Kiosk kam in Sichtweite und Enttäuschung machte sich in Nils breit. Deniz hatte bereits geschlossen. Ein Blick auf die Uhr zeigte ihm, dass es kurz vor halb elf war. Trotzdem war Deniz dann überpünktlich gewesen. Nicht mal in seiner Wohnung im ersten Stock brannte noch Licht.

Inzwischen stand Nils auf Höhe des Kiosks. Sollte er klingeln? Er war wild entschlossen, Deniz heute noch mal zu sehen. Tatsächlich spürte er, wie es bei dem Gedanken daran in seinem Inneren kribbelte.

Auf dem Weg zur Wohnungstür fiel sein Blick auf den Bedienausschnitt, der offen stand. Nils stutzte. Das war nicht normal! Deniz war gewissenhaft. Er trat näher heran und rief hinein, erhielt jedoch keine Antwort. Daher ging Nils zum Fenster, in der Hoffnung, etwas im Laden zu erkennen, doch ein Karton versperrte ihm die Sicht.

Ein mulmiges Gefühl befiel ihn. Eilig ging er zurück zum Eingang und sah sofort, dass das Gitter nicht ganz geschlossen war. Es hatte nur von Weitem so ausgesehen.

Hier stimmte etwas nicht. Nils holte sein Handy heraus und sein Finger schwebte bereits über dem Notrufsymbol, als er beherzt das Gitter zurückzog und die Eingangstür vorsichtig öffnete.

»Deniz?«

Keine Antwort.

Er betrat den kleinen Kiosk, schluckte seine Angst hinunter und betätigte den Lichtschalter, der nahe der Tür war. Wie oft hatte er Deniz dabei beobachtet, wenn der ihn morgens gedrückt hatte. Seine Freunde und er waren meist die ersten Kunden und stolperten in den Laden, kaum dass Deniz geöffnet hatte.

»Deniz? Bist du hier irgendwo?«

Nils ging mit klopfendem Herzen ein paar Schritte weiter hinein und wandte sich dann dem Kassenbereich zu. Sein Blick fiel auf das Wandregal mit den Zigaretten, und er runzelte die Stirn. Es war seltsam durcheinander. Er umrundete den Tresen … und dann sah er ihn. Deniz lag am Boden. Und neben seinem Kopf war Blut! Seine Augen waren geschlossen und er bewegte sich nicht.

»Fuck, Deniz!«

Angst lähmte Nils für ein paar Sekunden, bis er sah, dass Deniz atmete. Dann erinnerte er sich an seine Erste-Hilfe-Kurse. Er würde das schaffen, er konnte das!

Also kniete er sich zu Deniz, wählte den Notruf und legte sein Handy neben sich auf den Boden. Er beantwortete alle Fragen und leistete unter Anleitung Erste Hilfe. Als die Sanitäter endlich ankamen, fiel ihm dennoch ein Stein vom Herzen. Während die inzwischen ebenfalls eingetroffene Polizei Nils befragte, konnte er sehen, dass die Sanitäter sich um Deniz kümmerten. Was genau sie taten, wusste er nicht, doch er ließ sie nicht aus den Augen. Sein Puls raste.

Als die Befragung endlich zu Ende war, ging er zeitgleich mit dem später eintreffenden Notarzt zu Deniz. Er hatte eine Scheißangst um ihn. Der Notarzt sah ihn irritiert an, als er sich neben Deniz' Kopf hockte. Nils nahm wahr, wie er zu seinem Patienten blickte und kurz erstarrte. Die Sanitäter informierten ihren Kollegen, dann begann dieser mit seiner Routine. Vor allem die Kopfwunde besah er sich genauer. Jeder Handgriff des Arztes saß.

Die Polizisten verließen den Laden, sie würden später ins Krankenhaus kommen, um mit Deniz zu reden, sobald er wieder ansprechbar war. Nils versuchte, sich zu sammeln, doch es gelang ihm nicht. Er merkte, wie er unruhiger wurde, wie schnell sein Herz schlug. Immer wieder wischte er sich die zitternden Hände an seiner Hose ab. Sie waren schweißnass und etwas Blut klebte auch an ihnen. Deniz' Blut. Nils befürchtete, dass die Kopfverletzung schlimm war, denn Deniz' Ohr wies im Inneren ebenfalls Blut auf. Doch der Notarzt schien nicht alarmiert zu sein.

Nils musste wissen, was Sache war, sonst würde er durchdrehen. »Was ist mit ihm?« Er konnte nicht verhindern, dass seine Stimme zitterte. Egal!

Der Notarzt sah ihn an und Nils wusste diesen Blick nicht zu deuten. *Scheiße! War es so schlimm?* Dann schluckte der Arzt und fragte »Sie haben ihn gefunden?«

»Ich bin sein Partner.« Bestimmt würde er anders keine Auskunft kriegen. Er wollte wissen, was los war!

Nun sah der Notarzt leicht entsetzt aus, bevor er sich wieder fing und bemüht lächelnd Entwarnung gab. »Keine Sorge. Es sieht schlimmer aus, als es ist. Wir nehmen ihn zur Beobachtung mit ins Krankenhaus und lassen ihn dort auch noch mal richtig durchchecken. Die Kopfwunde habe ich versorgt. Mehr sehe ich erst mal nicht.« Erleichterung strömte durch Nils' Körper und ein Teil der Anspannung fiel von ihm ab. Doch eine Frage blieb. »Warum kommt er dann nicht zu sich?«

Sein Gegenüber lächelte leicht. »Zunächst war er bewusstlos, aber inzwischen schläft er.«

Der Typ wollte ihn eindeutig verarschen! Gerade, als Nils ihn empört anschnauzen wollte, gab Deniz ein leises Stöhnen von sich. Er griff mit einer Hand an seinen Kopf, doch der Notarzt hielt ihn sanft auf und flüsterte »Nicht.«

Nils runzelte die Stirn. Was war hier los? Der Typ sollte sofort Deniz loslassen! Und sein dämliches Lächeln wollte er ihm auch direkt von der Visage wischen. Er registrierte ein

Armband am Handgelenk des Arztes und verengte die Augen. Es wies alle Farben des Regenbogens auf. Und den Namen eines bekannten Gayclubs. Na toll.

Nils riss seinen Blick von dem Typen los und sah, dass Deniz mühsam blinzelte. Doch dann huschte Erkennen über seine Züge, und auch er versuchte, zu lächeln. »Tom?«

Nils biss die Zähne zusammen.

»Hey, Deniz.« Dieser Tom streichelte Deniz' Schulter. Und seine Stimme klang irgendwie … heiß dabei. Vibrierte.

Was sollte der Scheiß? Nils räusperte sich. Die Hand verschwand von Deniz' Arm und Nils atmete auf.

»Du bist Arzt.« Deniz' Stimme klang rau.

»So siehts aus. Und du? Ist das dein Kiosk?«

»Ja.«

Nils hörte den Stolz in Deniz' Stimme und musste lächeln. Süß. Das konnte ihn allerdings nicht davon ablenken, dass die beiden offensichtlich gefickt hatten. *Scheiße!*

Okay. Tom sah gut aus. Das musste Nils leider zugeben. Markante Gesichtszüge, Dreitagebart, braune halblange Haare und grüne Augen. Er schätze ihn auf Mitte vierzig. Ja gut, den hätte er auch gefickt. Er grinste kurz. Oder auch nicht. Hier wäre wohl eher er derjenige gewesen, der sich hätte ficken lassen.

Wie auch immer. Er runzelte die Stirn. Dann sagte er wenig begeistert »Ihr kennt euch.«

Tom sah betreten zur Seite und Deniz zuckte kurz zusammen. Er realisierte offensichtlich erst jetzt, dass Nils hinter ihm hockte, während die Sanitäter um ihn herumwuselten, um ihn auf die Trage zu legen.

»Nils«, krächzte er und schluckte deutlich. »Was …?«

»Ich wollte zu dir und dann hab ich dich gefunden.« Nils kam an Deniz' Seite. Dieser schien aufgewühlt und konnte seinen Blick offenbar nicht von ihm abwenden. Er streckte seine Hand aus und Nils nahm sie in seine, drückte leicht zu und schenkte ihm ein sanftes Lächeln. »Alles gut. Das wird wieder.«

Er wollte Deniz trösten und glaubte auch selbst inzwischen daran. Jetzt, wo Deniz endlich wieder wach war und gesprochen hatte, fühlte er den letzten Rest Anspannung beinahe verschwinden. Stattdessen machte sich Müdigkeit in ihm breit, aber die stellte er hintan.

»Ich bin froh, dass du wieder wach bist.«

Vorsichtig legte er seine andere Hand an Deniz' Wange. Nils wusste nicht genau, warum, aber er hatte das dringende Bedürfnis, ihn für sich zu markieren und Tom klarzumachen, dass er raus war.

Der Blick, der sie beide traf, sprach Bände. Tom sah ehrlich enttäuscht aus, scheinbar hatte er sich mehr erhofft. Aber das konnte er vergessen! Ein lauter Ton durchbrach die Stille und schreckte Nils auf. Tom sah auf seinen Pieper und nahm seinen Koffer, den er bereits wieder gepackt hatte.

Er räusperte sich. »Also gut, ich muss zum nächsten Einsatz.« Dann hielt er kurz inne. »Aber ich seh später noch mal nach dir.«

Deniz schluckte. »Ach, das ist nicht nötig. Trotzdem danke.«

Tom warf Deniz einen undeutbaren Blick zu. Schließlich nickte er kurz. »Okay. Dein Partner kann dann mitfahren. Das habe ich geklärt. Gute Besserung.«

Als Tom sich zum Gehen wandte, atmete Nils erleichtert aus. Es war hirnrissig, sich so aufzuführen, das wusste er. Aber Deniz war etwas Besonderes. Und er war gekommen, um das zwischen ihnen irgendwie zu klären. Dass da ein heißer Tom dazwischenfunkte, konnte er einfach nicht zulassen. Nils schluckte. Ja, er steckte doch schon tiefer drin, als er hatte wahrhaben wollen. Endlich sah er Deniz an und bemerkte, dass dieser ihn die ganze Zeit beobachtet hatte. Grinsend. Mit wunderschönen Augen. Ja, das konnte er jetzt auch noch zugeben, war eh alles egal.

»Partner, ja?«

»Hm.« Nils' Stimme versagte. Und ihm wurde heiß.

Kapitel 10

Deniz

Als Deniz am Morgen langsam erwachte, fühlte er sich, als wäre er vom Bus überrollt worden. So konnte das nicht weitergehen. Er brauchte unbedingt mehr Schlaf. Er sollte den Kiosk in der Woche früher schließen und zeitiger zu Bett gehen. Dann würde sein Hirn sich vielleicht auch nicht mehr so ein dummes Zeug zurechtspinnen.

Mit geschlossenen Augen dachte er an seinen Traum und ein leichtes Unwohlsein beschlich ihn. Der Überfall war so realistisch gewesen! Er hatte regelrecht die Angst gespürt, als er dachte, er würde verletzt und unentdeckt bis zum Morgen in seinem Laden liegen bleiben.

Dann waren auf einmal Nils und Tom da gewesen. Absurd, dass sein Hirn gerade diese beiden Männer zusammenbrachte. Tom, der gut aussehende Top aus dem Club, mit dem er vor ein paar Wochen im Darkroom Spaß gehabt hatte, und Nils, seine heimliche Leidenschaft. Er erinnerte sich vage an das Gefühl der Sicherheit, als Tom mit ihm sprach und Nils so nah bei ihm war.

Deniz seufzte laut auf und beschloss, aufzustehen. Sein Kiosk öffnete sich nicht von allein. Er drehte sich auf die Seite, um aus dem Bett zu steigen. Sofort überfiel ihn eine Übelkeit, die ihn dazu zwang, sich wieder zurückrollen zu lassen und bewegungslos liegen zu bleiben. Erst jetzt öffnete er die Augen, kniff sie jedoch gleich wieder zusammen, als ein dumpfer Kopfschmerz einsetzte, der den aufkommenden Brechreiz nur verstärkte.

Deniz wartete, bis die Übelkeit abflaute. Als es besser wurde, nahm er eine leichte Bewegung an seiner Hüfte wahr. Moment! War jemand bei ihm? Er riss die Augen auf und fand sich in einem Krankenhausbett wieder, dessen Kopfteil leicht hoch gestellt war. Mit offenem Mund starrte er auf Nils, der tatsächlich auf Deniz' Hüfthöhe Kopf und Arme auf das Bett gelegt hatte und schlief. *Oh nein!* Das war gar kein Traum gewesen!

Deniz tastete nach seinem Schädel. Ein Verband war über die Stelle gelegt, von der der Schmerz auszugehen schien. Der Mistkerl hatte hart zugeschlagen … Und er offensichtlich eine Kopfwunde. *Verdammt!*

Wieder fiel sein Blick auf Nils, der noch immer die Augen geschlossen hatte und ruhig atmete. Ein kleines Rinnsal Spucke lief aus dessen Mundwinkel und hatte einen feuchten Fleck auf der Bettdecke hinterlassen.

Trotz der leichten Panik, die Deniz nun befiel, da er im Krankenhaus lag, ging ihm bei diesem Anblick das Herz auf. Wie von selbst wanderte seine Hand nach vorn und streichelte sanft über Nils' weiches Haar, was dieser mit einem Seufzen quittierte. Deniz zuckte leicht zusammen, konnte sich aber nicht dazu durchringen, die Hand wegzunehmen. Er ließ seine Fingerspitzen zärtlich über Nils' Wange gleiten, bis dieser die Augen öffnete und ihn verschlafen anblinzelte. Es dauerte nur einen Wimpernschlag, bis seine blauen Augen klar wurden und er sich abrupt aufrichtete.

»Hey, wie gehts dir?«

Deniz zog seine Hand zurück und fuhr sich damit verlegen über den Bart.

»Ging schon mal besser. Ich fühle mich etwas erschlagen, im wahrsten Sinne des Wortes.«

Ein Schatten überzog Nils' Gesicht. Er runzelte die Stirn. »Mach keine Witze darüber. Du hattest echt Glück.«

»Ich weiß. Entschuldige.« Eine kleine Pause entstand, in der sie sich nur ansahen. »Danke für deine Hilfe.«

Deniz nahm Nils' Hand und streichelte sie leicht, um seinen Worten Nachdruck zu verleihen. Nils' Blick flog zu ihren Händen, dann errötete er. So süß! Himmel, er war verloren!

»Ich hab ja nicht viel gemacht.« Nils räusperte sich. »Wahrscheinlich solltest du eher Tom danken.« Sein Blick war weiterhin auf ihre Hände geheftet und er verzog den Mund.

Deniz schluckte. Sein Hals war ganz rau. Er musste Nils das irgendwie erklären. Wollte es. Vor allem, dass Tom ihm nichts bedeutete. Nicht angesichts dessen, dass Nils hier war, sein Herz wie verrückt raste und er plötzlich Hoffnung schöpfte. Vorsichtig hob Deniz Nils' Kinn an. »Wir hatten nur einmal was zusammen. Im Darkroom. Mehr nicht.« Er sah ihm fest in die Augen.

Nils nickte verhalten. Der Druck seiner Hand verstärkte sich kurz. Erst da wurde Deniz bewusst, dass sie immer noch Händchen hielten. Und es war schön.

»Dachte ich mir schon. So was in der Art.« Er wirkte irgendwie traurig. Gerade als Deniz etwas sagen wollte, kam Nils ihm zuvor. »War ne lange Nacht, ich bin echt fertig.«

Zu Deniz' Bedauern ließ Nils ihn los und fuhr sich fahrig durchs Haar. Sein Blick fiel erneut auf Deniz' Hand und es sah aus, als wolle er sie wieder ergreifen, doch er ließ es sein.

Für einen Moment dachte er, dass Nils durchaus Interesse an ihm haben könnte. Aber vielleicht waren das auch nur Anteilnahme und Sorge wegen des Überfalls? Doch wäre er dann an Deniz' Bett geblieben? Möglich war es. Immerhin wusste Nils, dass er keine Familie in der Nähe hatte.

»Du sollst übrigens achtundvierzig Stunden zur Überwachung hierbleiben. Wegen einer möglichen Gehirnerschütterung.«

Der abrupte Themenwechsel gefiel Deniz nicht. Er wäre Nils' Reaktion gerne noch auf den Grund gegangen, doch er ließ sich darauf ein.

»Mist. Ich fühle mich nicht besonders wohl in Krankenhäusern.« Deniz verzog das Gesicht.

Nils lachte kurz. »Wer tut das schon? Aber bitte warte echt ein bisschen, bevor du wieder richtig loslegst. Der Arzt hat gesagt, du hattest Glück. Aber musst dich auch zu Hause noch schonen.«

Deniz schnaubte. Fast musste er lächeln bei der Strenge, die Nils' Gesichtszüge angenommen hatten.

Dann schüttelte er jedoch den Kopf. »Das geht nicht. Wie stellt der sich das vor? Ich muss in den Laden. Die Rechnungen bezahlen sich nicht von selbst.«

Nils verdrehte die Augen und brummelte etwas, das verdächtig nach *Ich wusste es* klang. »Nur ein paar Tage. Das schaffst du. Mit einer Gehirnerschütterung ist nicht zu spaßen! Du lebst allein, kein Mensch würde merken, wenn du plötzlich umfällst!«

Nicht schon wieder diese Erinnerung, bitte. Aber Nils klang eindeutig besorgt. Deniz stöhnte auf, als ihm schlecht wurde. Er presste sich die Hand vor seinen Mund. Sofort hielt ihm Nils die Nierenschale hin. Gerade noch rechtzeitig. Großartig. Hatte er soeben vor seinem Schwarm gekotzt? Das schien irgendwie ihr Ding zu sein. Vereint im Kotzen. Erst Nils, jetzt er. Aber er musste zugeben, neben der Peinlichkeit fühlte es sich auch schön an, als Nils wie selbstverständlich damit ins Bad verschwand. Umsorgt. Seufzend ließ er sich zurück ins Kissen fallen.

Die Tür öffnete sich und ein Arzt kam herein.

»Guten Tag, Herr Yildirim. Ist ihr Partner inzwischen nach Hause gegangen?«

Sein Partner? Ach so! Das hatte er ganz vergessen. Trotz Deniz' erbärmlichen Zustands breitete sich Wärme in ihm aus. Das musste etwas bedeuten. Niemand gab sich als Partner aus, wenn ihm der andere nicht wichtig war. Es musste einfach so sein! Deniz wollte daran glauben.

Der Arzt lenkte ihn mit all den Informationen ab. Natürlich hatte Nils recht gehabt. Auch jetzt wiederholte er die Bedingung der Ruhe. Für mindestens noch eine Woche nach seiner Entlassung. Wie sollte er das nur machen? Als der Arzt gegangen war, kam Nils zurück. Scheinbar hatte er während des Gesprächs absichtlich im Bad gewartet. Kaum saß er wieder, unterdrückte er ein Gähnen.

»Geh nach Hause, schlafen, Schatz.« Deniz sah ihn vielsagend an und wackelte mit den Brauen.

Es dauerte, bis Nils, der ihn schockiert angestarrt hatte, zu verstehen schien. Er sah zur Seite, wand sich auf seinem Stuhl und murmelte »Sie hätten mir sonst nichts gesagt.«

Deniz fühlte plötzlich derart viel Zuneigung, dass er sich, ohne nachzudenken, zu Nils beugte und seine Hand an dessen Wange legte. Scheiß auf den Schwindel. Das hier war wichtig. Ihr Moment. »Ich danke dir!«, sagte er, während er Nils sanft streichelte.

Sie sahen sich in die Augen. Dann fiel Nils' Blick auf seinen Mund. Deniz hielt den Atem an, als Nils tatsächlich näher kam. Würde er? Er wollte es so sehr! Doch genau in diesem

Moment öffnete sich seine Tür erneut. Nils zuckte zurück und sprang von seinem Stuhl auf. Er lief zur Tür, zwängte sich an den Beamten vorbei, die eingetreten waren, und verschwand. Deniz konnte überhaupt nicht so schnell reagieren. Mit offenem Mund starrte er die Tür an. Das war jetzt gerade nicht wirklich passiert! Die hatten ihm allen Ernstes seinen ersten Kuss mit Nils versaut? Und der war einfach abgehauen? Deniz atmete zitternd aus.

Kapitel 11

Nils

»Dann warst du gestern nicht im Krankenhaus?«

Flo stöhnte ungläubig und Nils konnte sich förmlich ausmalen, wie er mit dem Kopf schüttelte.

»Im Ernst? Du küsst ihn fast und dann haust du ab und lässt dich länger als einen Tag nicht mehr blicken? Nils sorry, aber du bist ein Idiot.«

»Ich weiß«, erwiderte Nils scharf. »Ich bin da nicht stolz drauf, okay? Es hat mich überrumpelt. Alles. Irgendwie.«

Wie ein nervöser Vogel Strauß lief Nils mit dem Handy am Ohr vor dem Krankenhaus auf und ab. Er hatte auf Unterstützung von Flo gehofft. Vorwürfe machte er sich selbst schon genug. Zumindest, nachdem er seine eigene Panik bewältigt und an Deniz gedacht hatte. Wie der sich fühlen musste. Und genau das war der Grund, weshalb es ihm so schwerfiel, da reinzugehen. Deniz unter die Augen zu treten. Er hatte ihn zurückgelassen. Obwohl es ihm so schlecht ging. War nach ihrem Beinahe-Kuss einfach rausgerannt. Kein Wort hatte er gesagt. Deniz würde ihn hassen. Ihn gar nicht mehr als Mann ernstnehmen. Und das mit Recht. Es konnte nur so sein.

»Nils. Jetzt krieg dich wieder ein. Ich weiß, dass du ihn magst. Verdammt, wir alle wissen, dass du ihn magst! Also geh da rein, entschuldige dich und bieg das wieder gerade.«

»Er wird stinksauer sein. Und mich total scheiße finden …«

Flos schallendes Lachen unterbrach Nils.

»Bist du zwölf oder was? Er findet dich ganz sicher nicht scheiße. Als ich mit dir im Kiosk war und dafür gesorgt habe, dass dein Schwanz wieder verpackt ist, hätten mich seine eifersüchtigen Blicke fast getötet.«

»Das war davor.« Tief atmete Nils durch. Flo hatte es echt drauf, ihn fertigzumachen. »Und erinnere mich nicht daran.«

Noch ein Lachen ertönte.

»Nils, ihr schwänzelt im wahrsten Sinne des Wortes umeinander herum. Geh jetzt rein und schnapp dir den Bären.«

Nun war es an Nils, schnaubend zu lachen.

»Ich werde jetzt auflegen.«

»Das ist vermutlich eine gute Idee. Muss eh weitermachen. Mein Alter sitzt mir im Nacken und ich sollte schauen, dass mein geschätzter Kollege nicht zu viel Scheiße baut. Hoffe, wir sehen uns bald.«

»Na klar. Danke Flo.«

Nils legte auf. Eine Weile tigerte er noch unentschlossen vor dem Krankenhaus herum, dann traf er eine Entscheidung.

Mit großen Schritten durchquerte er den Eingangsbereich bis zu den Fahrstühlen und fuhr in die zweite Etage, wo Deniz' Zimmer lag. Nun konnte er nur hoffen, dass dieser nicht vorzeitig entlassen worden war.

Nils hatte sich seit dem Fastkuss wahrlich nicht mit Ruhm bekleckert. Er war verschwunden und hatte sich rar gemacht, weil er einfach nicht damit umzugehen wusste. Was war nur mit ihm los? Eins stand auf jeden Fall fest. Wenn er das, was auch immer es war, nicht versauen wollte, musste er jetzt Eier beweisen und sich Deniz stellen. Als dessen Tür in Sicht kam, atmete er daher noch einmal tief durch, bevor er klopfte und eintrat.

»Hey, tut mir leid, dass ich erst jetzt wieder auftauche. Ich …« Nils beendete den Satz nicht, sondern erstarrte mitten in der Bewegung.

Deniz lehnte an seinem Bett, die Arme vor der Brust verschränkt. Er sah überrascht zu ihm auf. Gegenüber, an der Wand, stand Tom und blickte ihm ebenfalls entgegen. *Scheiße!* Was war das denn? Er kam zu spät.

»Sorry.« Er drehte sich abrupt um. Nur raus hier!

Doch ehe er den Flur erreichte, war Deniz bei ihm und packte seinen Arm. »Warte!« Er sah ihn eindringlich an.

Nils' Blick heftete sich kurz auf Deniz' Hand. Sie zitterte leicht. Aber seine Augen strahlten warm, als Nils ihm ins Gesicht sah.

»Du bleibst. Ich freue mich, dich zu sehen.«

Ein Räuspern war zu vernehmen und beide sahen zu Tom. Der lächelte, sah aber irgendwie mitgenommen aus. »Meine Pause ist um. Gute Besserung weiterhin. Und lass mal von dir hören.«

Er berührte Deniz leicht an der Schulter, bevor er ging. Mist. Der Typ gab einfach nicht auf! Was machte der hier überhaupt? Hatte Deniz nicht gesagt, er solle nicht herkommen? In Nils grummelte es. Das Gefühl der Eifersucht war neu. Noch nie hatte er Konkurrenz gehabt. Nicht so. Beim Ficken war das alles einfacher. Es tat auch nicht weh, wenn ein anderer den Zuschlag bekam. Suchte man sich halt jemand Neuen. Ja. Das waren noch Zeiten gewesen. Als ihm alles perfekterweise mehr oder weniger wurscht gewesen war. Irgendwie mochte er das mehr. Eifersucht war scheiße. Das Gefühl, etwas zu verlieren. Oder nicht zu bekommen. »Jetzt hab ich ihn wohl vertrieben.« Bedauern konnte er das nicht.

Deniz schüttelte den Kopf. »Das macht nichts.«

»Ich wollte echt nicht stören«, schob Nils lahm nach. So tun konnte er ja wenigstens.

»Hast du nicht. Und jetzt komm. Setz dich.« Deniz wies auf den Stuhl. Aber er hielt ihn noch immer fest. Und sah ihn dann wieder an.

Nils fühlte sich durchschaut. Bestimmt ahnte Deniz, was in ihm vorging. Oh Mann. Er fuhr sich mit der Zunge über seine trockenen Lippen. Und als Deniz' Blick seinen Mund streifte, raste sein Herz.

Die Tür ging auf. *Verdammt!* Das durfte nicht wahr sein! Eine Schwester brachte die Entlassungspapiere und entschuldigte sich kurz für die Störung. Dann war sie wieder verschwunden. Deniz' Hand hatte sich währenddessen fester in Nils' Arm gegraben. Er hatte ihn dabei unverwandt angesehen und es war klar, was er sagen wollte. *Wage es nicht, jetzt abzuhauen.* Nils musste grinsen. Auch wenn seine Nervosität ihn schier verrückt machte.

Deniz grinste ebenfalls. »Wir sollten gehen.« Dann nahm er seine Hand und zog ihn zum

Bett. Er gab ihm einen leichten Schubs, bis Nils saß. Während er sich die Entlassungspapiere schnappte, ließ Nils etwas verlauten, das wie eine Mischung aus Schnauben und Lachen klang, und fühlte sich mit einem Mal gelöst. Die größte Anspannung war weg.

»In Ordnung. Darf ich dich nach Hause fahren? Ich habe mir extra ein Auto geliehen.«

»Du wolltest mich abholen?« Deniz sah überrascht aus.

»Ähm, ja. Ich habe auch ein bisschen was eingekauft. Dachte, vielleicht mach ich dir eine Kleinigkeit zu essen? Du sollst dich ja schonen und … na ja.«

Verlegen fummelte Nils den Autoschlüssel aus seiner engen Jeanstasche, sprang auf und ging los. Wie peinlich war das bitte?

Weit kam er nicht, denn eine starke Hand legte sich abermals um seinen Arm, zog ihn zurück und schon landeten weiche Lippen auf seinen. Nils keuchte und seine Beine fühlten sich mit einem Mal an wie Wackelpudding. Das war neu. Deniz' Bart kitzelte ihn leicht. Und sein Geruch stieg ihm trotz Krankenhausumgebung in die Nase. Der Kuss dauerte nicht lange, und doch war er so schön und intensiv, wie Nils es noch nie gefühlt hatte.

»So, jetzt können wir gehen.«

Deniz schien zufrieden mit sich, ließ ihn los und verschwand aus dem Zimmer – in dem Nils verwirrt zurückblieb.

Kapitel 12

Deniz

Er hatte es getan und Nils geküsst! Seit diesem Kuss fühlte er sich so gut wie lange nicht mehr. Und das trotz der leichten Kopfschmerzen, die ihn noch immer plagten.

Aber ihn quälten auch Fragen. War er zu weit gegangen? Hatte Nils das überhaupt auch gewollt? Er wusste es nicht. Und dennoch bereute er den Kuss nicht, sondern war erleichtert. Er hatte es so sehr ersehnt, und endlich Farbe bekannt. Nun war Nils am Zug.

Die Fahrt zu seinem Haus dauerte etwas länger als sonst. Zumal Deniz Nils bat, einen Umweg über die Polizeiwache zu fahren. Dort wurde auf Wunsch der Beamten zwar auch ein Phantombild erstellt, doch Deniz war skeptisch. »Ich glaube ja nicht, dass das etwas bringt«, sagte er nachdenklich.

»Puh, ich ehrlich gesagt auch nicht.« Nils zuckte betreten mit den Schultern.

Das war kein Wunder. Schließlich gab es keinerlei Fingerabdrücke. Und anhand eines Phantombildes war es einfach ziemlich unwahrscheinlich, dass der Täter geschnappt wurde. Aber sie hatten ihr Möglichstes getan und Deniz konnte nun hoffentlich damit abschließen. Sobald alles erledigt war, bekam er seine Schlüssel von den Beamten zurück und sie fuhren endlich nach Hause.

Seit dem Kuss hatten beide ihren Gedanken nachgehangen und nicht viel gesprochen. Aber immer, wenn Deniz Nils aus dem Augenwinkel betrachtete, hatte der seine Stirn in Falten gezogen und schien angestrengt nachzudenken. Wusste er nicht, was er von Deniz' Annäherungsversuch halten sollte? Wollte er eigentlich sagen, dass ihm das zu viel gewesen war? *Verdammt* … Begeisterung sah auf jeden Fall anders aus. Etwas in Deniz verkrampfte sich. Aber auch, weil sie dem Kiosk immer näher kamen.

Sie hatten Glück und fanden einen Parkplatz in unmittelbarer Nähe zu Deniz' Haus. Plötzlich begann sein Herz zu rasen. Schweigend stiegen sie aus und Deniz zwang sich, auf den Laden zuzugehen. Es kostete ihn einiges an Überwindung. Als er vor dem Gitter stand, klimperte der Schlüssel in seiner plötzlich zitternden Hand. Deniz atmete tief durch. Er fühlte sich unwohl. Schwach. Und er war sich nicht sicher, wie das erst im Kiosk werden würde.

Eine warme Hand legte sich auf seine Schulter. »Willst du reingehen? Oder gleich nach oben?« Nils nickte zu der Wohnungstür. Seine Stimme klang weich, aber auch stark. Ein Anker. Deniz wollte sich an ihn lehnen und so bleiben.

»Ich möchte schon reingehen. Aber ich fürchte mich vor dem, was mich erwartet.«

Unsicher sah Deniz Nils an. Dieser reagierte auf sein Unbehagen und nahm ihm vorsichtig die Schlüssel aus der Hand. Er fragte nach den richtigen und öffnete sowohl Gitter als auch Ladentür. Dann machte er Platz und ließ Deniz den Vortritt.

Deniz sah sich an seinem Arbeitsplatz um. Sein Blick richtete sich auf die Kasse und das Tabakwarenregal. Er ging um den Tresen herum und stockte, als sein Blick auf den Fußboden fiel. Dort lagen einige Packungen Zigaretten verstreut. Ebenso nahm er den getrockneten Fleck wahr, der von seiner Kopfverletzung herrühren musste.

Keuchend stützte er sich am Tresen ab, als die Bilder des Abends wieder durch seinen Kopf schossen. Sofort war Nils bei ihm, sah ihn besorgt an und zog ihn in seine Arme.

»Alles klar? Ich bin hier.«

Deniz nickte und zwang sich zu einem Lächeln.

»Es ist komisch, das zu sehen.« Er deutete auf das Blut. »Ich sollte es wegwischen.«

Als er Anstalten machte, sich in Bewegung zu setzen, hielt Nils ihn auf.

»Nein, das musst du nicht.« Er holte Luft, doch Nils ließ ihn nicht zu Wort kommen. »Ich verstehe, dass du alle Spuren beseitigen willst. Aber du bist gerade erst aus dem Krankenhaus zurück. Du brauchst Ruhe und kein Wischen oder Aufräumen. Und vor allem keine Aufregung.«

»Aber –«

Nils' Mund landete auf seinem. Nur kurz, aber wirkungsvoll. Er verhinderte, dass Deniz weitersprach, und sorgte für einen Schwarm Schmetterlinge in seinem Bauch. Nils schloss kurz die Augen, atmete tief ein und sah ihn dann wieder direkt an.

»Wir gehen jetzt nach oben. Du legst dich hin und ich werde dir etwas zu essen machen. Das hier kann und wird warten.«

Deniz schluckte und gab sich geschlagen. Was sollte er auch anderes tun bei diesen Argumenten?

Oben angekommen fand Deniz dennoch keine Ruhe. Nils hatte ihn von sich aus geküsst!

Wenn auch nur kurz. Wahrscheinlich, um ihn zum Schweigen zu bringen, oder? Das war zumindest Deniz' Eindruck gewesen. Aber was wollte Nils? Er wusste es nicht. Und seine Hoffnung schwand immer mehr. Hatte er sich in etwas verrannt? Lag es vielleicht an der Gehirnerschütterung? Nils fühlte sich damit, mit ihren Küssen, auf jeden Fall alles andere als wohl.

Gerade wollte er ihn darauf ansprechen, als Nils sich zu ihm aufs Sofa setzte. Er atmete tief ein und ließ die Luft langsam wieder entweichen. »Wir sollten reden.« Sein Grinsen wirkte gequält.

Deniz schluckte und hielt die Luft an. Er sah abwartend in Nils' Gesicht und bereitete sich, so gut es ging, auf eine Abfuhr vor. Er würde das wegstecken. Er war schon groß.

»Hör zu.« Nils leckte sich die Lippen. »Das ist alles jetzt irgendwie plötzlich passiert und ich muss das erst mal für mich klarkriegen. Ich mag dich sehr, bin wirklich gern mit dir zusammen – und möchte für dich da sein. Du erdest mich und ich komme mit dir irgendwie zur Ruhe. Aber andererseits ist auch alles in mir aufgewühlt und durcheinander und ich kann dem Ganzen keinen Namen geben. Noch nicht. Ich brauche da wirklich Zeit.« Forschend sah Nils ihn an. Unsicher.

Deniz nickte langsam. »Klar«, sagte er. Und meinte das auch so. Es *war* ihm klar gewesen. Er hatte es gespürt und nun war es wenigstens ausgesprochen. Sie wussten, wo sie standen, und konnten von dort aus weitermachen. Hoffentlich. »Klar«, sagte er noch mal.

Nils sah erleichtert aus. »Ich bin dir dankbar, weißt du?« Das konnte Deniz zunächst nicht ganz einordnen, aber Nils fuhr auch schon fort. »Ich habe mich entschieden, mein Studium zu beenden und Gas zu geben. Das habe ich irgendwie auch dir zu verdanken. Unserem Gespräch.«

Ah. »Das freut mich.« Deniz zwang sich zu einem Lächeln.

Auch wenn es ihn tatsächlich freute, hätte er lieber irgendetwas getan oder beredet, was sie einander näher gebracht hätte. Aber Nils brauchte Zeit und Deniz hatte zugestimmt. Und irgendwie hatte sich auch das gerade, dieser Dank, intim angefühlt. Es würde nicht so weitergehen, wie Deniz sich das erhofft hatte, aber das war ok. Musste es sein. Nils machte gerade einiges an Veränderung durch. Und er würde an seiner Seite sein. Wenn es mit ihnen nicht klappte … Nein, darüber wollte er jetzt nicht nachdenken.

Entschlossen verstärkte er sein Lächeln und räusperte sich. Sein Herz klopfte wie wild. Aber er hatte sich entschieden. Er wollte das. Er wollte Nils. »Okay. Ich mag dich auch sehr. Und ich bin gerne an deiner Seite. Was auch immer daraus wird. Wir stützen uns gegenseitig. Das ist wertvoll. Einen Namen braucht das nicht. Das ist okay. Also ich bin dabei.«

Deniz machte eine kurze Pause, aber Nils sagte nichts. Er hing regelrecht an seinen Lippen, deshalb sprach er weiter. »Du hast einmal gesagt, dass ich nicht dein Typ bin.« Nun wollte Nils etwas sagen, doch Deniz ließ ihn nicht zu Wort kommen. »Wenn dem so ist, dann ist das in Ordnung. Ich möchte da nichts erzwingen. Aber vielleicht wäre es einen Versuch wert. Ein Vögelchen in etwas fragwürdigem Zustand zwitscherte mir letztens, dass es mit deinem bisherigen Beuteschema nicht mehr so gut klappt.«

Deniz lachte, als Nils sein Gesicht zu einer Grimasse verzog und leicht errötete.

»Die Geschichte wird mir ewig nachhängen, oder?«

»Oh ja. Es kommt nicht oft vor, dass sich jemand in meinem Laden auszieht, um mir seinen perfekten Penis zu zeigen.«

Deniz räusperte sich und Nils starrte ihn regelrecht nieder.

»Du findest ihn perfekt?« Nils flüsterte seine Worte nur und Deniz merkte, wie auch er rot wurde.

»Perfekt«, wiederholte er und versank förmlich im Blau von Nils' Augen. Beide schwiegen einen Moment und sahen sich nur an.

»Das könnte ein ziemlich kitschiger Augenblick sein, wenn es nicht gerade um meinen perfekten Schwanz ginge. Und ich finde es irgendwie niedlich, dass du immer Penis statt Schwanz sagst.«

Damit war der Moment vorüber. Deniz prustete los und Nils fiel in sein Lachen ein.

»Gott, ich liebe dein freches Mundwerk.«

»Du musst mich nicht Gott nennen, auch wenn ich den *Penis* eines Gottes habe.«

Der Bengel machte Deniz fertig.

»Entschuldige. Bitte denk nicht, dass ich das alles ins Lächerliche ziehen will. Ich bin nur unsicher.«

Nils befreite seine Hand, die Deniz eben unbewusst in seine genommen hatte, und legte sie an Deniz' Wange. Oh. Was kam jetzt? Erregung wuchs in ihm. Aufregung. Hoffnung.

»Ich hatte noch nie etwas Festes. Lass es uns langsam angehen, okay?«

Deniz' Mund verzog sich zu einem strahlenden Lächeln, als Nils mit dem Daumen sanft über seinen Bart strich.

»Nichts lieber als das.«

Kapitel 13

Nils

Nachdem Nils sich ein Herz gefasst und Deniz ehrlich gesagt hatte, wie es in ihm aussah, konnte er sich wieder mehr entspannen. Deniz mochte ihn. Wollte ihn. Und ließ ihm dennoch Zeit. Das fühlte sich toll an. Und Nils wollte Deniz. Daran gab es nichts zu rütteln. Er genoss die gemeinsame Zeit. Dieses sich gegenseitig immer besser Kennenlernen, ganz ohne Sex. Ein Rekord für ihn. Oder besser: eine Premiere. Eine gute. Diese Nähe, dieses sich Öffnen … Nils musste lächeln, als er so darüber nachdachte. Wärme breitete sich in ihm aus. Wie sie beide sich wirklich unterstützten, war für ihn eine neue Erfahrung. Irgendwie beängstigend. Aber auch so gut!

Flo lachte ihn aus, als er ihm erzählte, dass er Deniz auch schon bei seinen Eltern angekündigt hatte. »Alter, du machst keine halben Sachen, was? Hat ja auch lange genug gedauert.«

Nils stockte kurz. Der Schreck, die Sorge, dass das doch verfrüht gewesen sein könnte, verflüchtigte sich aber wieder recht schnell. Trotzdem war er ein bisschen beleidigt. »Warte nur, bis du jemanden findest, der so besonders ist! Ich werde dich dann nicht auslachen. Ich bin nämlich ein guter Freund.«

»Lass mal, das wird nicht passieren.« Flo klang resigniert. »Weißt ja: Nett sein reicht bei mir nicht. Sonst hätte ich dich behalten.«

Nils schmunzelte. Er drückte Flo auf jeden Fall die Daumen.

Während er Deniz tagsüber ein bisschen umsorgte, widmete er sich zwischendurch auch seiner Bachelorarbeit. Und das tatsächlich motiviert. Er hatte das Ziel, das Beste rauszuholen. Was auch immer danach kam.

Inzwischen wohnte Nils quasi bei Deniz. Er kaufte ein, kochte und passte auf, dass der sich nicht übernahm. Das war auch dringend nötig. Denn natürlich drängte alles in Deniz ihn irgendwie in seinen Laden. Nils platzte der Kragen, als er ihn dabei erwischte, wie er im Kiosk stand und aufräumte. Deniz sah ihn empört an und war definitiv kurz davor, zurückzuschnauzen. Dann atmete er tief durch und ging mit verkniffenem Gesicht nach oben.

Nils hatte ihm gesagt, wenn Deniz wieder fit genug sei, um zu arbeiten, könne er ja gehen.

Nicht die feine Art, aber es hatte gewirkt. Lange würde es natürlich nicht mehr dauern. Das wusste Nils. Aber momentan wollten beide auf diese Zweisamkeit wohl nicht verzichten. Und er war entschlossen, Deniz zu einer möglichst langen Pause zu bewegen. Auch wenn der klar gemacht hatte, dass seine Existenz daran hing. Was seine Unruhe verständlich machte. Zwei Wochen sollten ausreichen. Darunter war Nils nicht bereit, nachzugeben.

Deniz dachte offenbar immer wieder an den Überfall. Er hatte auch erzählt, dass er sich in seinem Kiosk nicht mehr wohlfühlte. Alles erinnerte ihn an die besagte Nacht. Also hatte er überlegt, ob er die Zwangspause zum Anlass nehmen sollte, die Neugestaltung des Kiosks zu planen. Nils sog diese Informationen auf, wie ein trockener Schwamm das Wasser, und eine Idee nahm in seinem Kopf Gestalt an.

Gerade stand er in Deniz' Wohnung, an den Esstisch gelehnt, und sprach mit Flo. Während im Bad die Dusche rauschte.

»Bist du dir sicher, dass das eine gute Idee ist? Ohne mit ihm zu sprechen? Ihr seid nicht mal zusammen.« Flo hegte nach wie vor Zweifel an dem Plan. »Im Ernst, Nils. Das kann richtig in die Hose gehen.«

»Das lass mal meine Sorge sein. Du kommst am Wochenende mit dem Holz und machst den

Umbau, ja? Bis dahin haben Tony, Paul und ich die Waren aus dem Weg und neu gestrichen.«

»Darfst du da überhaupt schon ran? Muss Deniz nicht erst eine Liste für die Polizei erstellen, was alles fehlt oder so?«

»Das hat er schon gemacht. An dem Tag, als ich ihn erwischt habe.«

»Verstehe. Okay, aber auf deine Verantwortung.«

»Alles klar. Danke, Mann. Du bist ein Schatz. Ich gebe Peter den Schlüssel, damit ihr reinkommt, und locke Deniz weg. Die Pläne haben wir ja so weit besprochen. Wenn was ist, ruf mich an.«

»Sicher. Aber ich denke, wir kommen klar. Sorg du nur dafür, dass Deniz erst zurückkommt, wenn wir weg sind. Das Donnerwetter will ich nicht miterleben.«

Nils schnaubte beleidigt. »Er wird mir um den Hals fallen.«

»Ja. Vermutlich, um dich zu erwürgen.«

Flo lachte und Nils drückte ihn grummelnd weg. Er verstand nicht, wieso sein Freund sich solche Gedanken machte. Deniz wollte doch eine Veränderung. Und er würde sich freuen. Oder?

»Hey, du bist ja schon da. Wie war dein Tag?« Deniz kam aus dem Bad, ging auf Nils zu und zog ihn in eine Umarmung.

»Ach, total öde. Bibliotheken sind einfach nicht meins. Aber muss ja. Und hat mich auch echt weitergebracht.«

Deniz streichelte sein Gesicht. »Ich bin stolz auf dich.« Als er sich von ihm lösen wollte, hielt Nils ihn fest. »Ich hab dich vermisst«, gab er leise zu und musste schmunzeln, als er sah, wie sehr Deniz das freute. Es war die Wahrheit. Er hatte sich so daran gewöhnt, bei ihm zu sein und gemeinsam Zeit zu verbringen, dass er sich seine Tage gar nicht mehr anders vorstellen konnte. Und das, obwohl sie sich in der ganzen Zeit nicht wieder geküsst hatten. Oder gar mehr. Aber genau das war es gewesen, was er so sehr genossen und gebraucht hatte. Eine Basis. Dieses Verständnis zwischen ihnen. Die Geborgenheit, die Deniz ihm gab. Die Zweisamkeit, die bei ihnen so viel mehr umfasste. Die ihn einhüllte. Und nun war er bereit, den letzten Schritt zu gehen.

»Ich habe dich auch vermisst«, flüsterte Deniz und sah ihn mit seinen warmen braunen Augen an.

Nils hielt diesen Blick gefangen und zog Deniz näher zu sich. Er wollte ihn küssen. Endlich. Aus ganzem Herzen. Ihre Münder trafen sich schüchtern und sanft. Es fühlte sich unbeschreiblich gut an und schickte eine Welle der Erregung durch seinen Körper.

»Nils.« Deniz sagte seinen Namen leise. Und doch konnte Nils die Sehnsucht darin hören, das drängende Verlangen und Begehren.

Deniz leckte über Nils' Lippen und stöhnte, als der seinen Mund weiter öffnete und ihre Zungen sich berührten. Zunächst vorsichtig. So ganz anders als alles, was Nils bis dahin erlebt hatte. Und es war perfekt. Er liebte diese neuen Gefühle mit Deniz, der selbst auch ganz anders war. Älter, ruhiger, liebevoller. Und sexy behaarter. Aber das würde Nils ihm gegenüber erst mal nicht wieder erwähnen. Er hatte ihn mit seinen blöden Sprüchen im besoffenen Kopp verunsichert, das wusste er – und bedauerte es. Lieber würde er ihm also zeigen, wie heiß er ihn fand. Dafür waren Worte nicht nötig. Nils grinste an Deniz' Lippen.

»Was?« Deniz zog eine Braue nach oben.

»Warum nur habe ich damit so lange gewartet?«

Deniz seufzte übertrieben. »Das habe ich mich allerdings auch öfter mal gefragt.« Er stupste zärtlich mit seiner Nase gegen Nils'. Dann zog er ihn wieder näher zu sich und umarmte ihn fest. Ab jetzt würde sie nichts mehr trennen.

Kapitel 14

Deniz

Deniz war so hoffnungslos verknallt, dass er schon über sich selbst den Kopf schütteln musste. Er fand Nils großartig. Wie er ihm half, sich kümmerte und trotzdem seine Uni wuppte. Ihre neue körperliche Nähe ließ Deniz jedes Mal ganz aufgeregt werden. Zum Beispiel, wenn Nils seine Hand auf Deniz' nackten Unterarm legte und ihn dort sanft streichelte. Er tat das eher unbewusst, beim Fernsehen oder gemeinsamen Lesen auf dem Sofa.

Oder wenn Deniz seine Hand in Nils' unteren Rücken legte, um ihn sanft in Richtung des Gästezimmers zu schieben, weil Nils mal wieder nicht vernünftig war und noch nicht schlafen gehen wollte. Das war allerdings auch ein Punkt, der Deniz einiges an Selbstbeherrschung abverlangte. Ja, er war seit jeher ein geduldiger Mensch. Aber Nils jede Nacht so nah bei sich zu haben und nicht zu ihm gehen zu können, stellte seine Geduld auf eine harte Probe. Er wollte dringend mehr. Dazu war es aber noch nicht gekommen. Außer während ihrer Küsse blieben ihre Berührungen unschuldig. Und auch dann zog Nils immer irgendwann die Bremse. Warum machte er das nur? Deniz war verrückt nach ihm. Er wollte ihn anfassen, sich an ihn schmiegen und ja, er wollte tief in Nils eindringen und ihn mit seinem Rhythmus langsam um den Verstand bringen. Er würde aber auch die passive Rolle sehr genießen. Nils' Schwanz war extrem heiß. Das wusste er ja schon. Tief durchatmend fasste Deniz sich in den Schritt und rückte sein steifes Glied zurecht.

»Ich wüsste zu gerne, was du denkst.«

Deniz erschrak. Er war komplett in seinen Gedanken versunken gewesen und hatte nicht mitbekommen, dass Nils ihn beobachtete, lässig am Türrahmen des Gästezimmers lehnend. Deniz schluckte schwer, als Nils sich abstieß und in seine Richtung kam. Der sah ihn mit einem schelmischen Grinsen an und streifte im Vorbeigehen mit seinen Fingern kurz Deniz' ausgebeulte Hose. Deniz' Herz setzte einen Schlag aus und er handelte instinktiv, als er Nils' Hand packte und ihn zu sich heranzog, um ihn lange und tief zu küssen.

»Fuck.« Nils' Stimme zitterte etwas und er schwankte leicht, als Deniz ihn wieder losließ. »Wenn wir nicht gleich losmüssten …«

»Was dann?«, fragte er mit rauer Stimme.

»Ach, nichts.« Nils neckte ihn und leckte kurz über seinen Mund. Was diese Zunge wohl alles tun konnte?

Deniz schüttelte den Gedanken ab, als sein Handy vibrierte. Er zog es aus seiner Hose und auch Nils warf einen Blick aufs Display. Sofort schnaubte er. Es war eine Nachricht von Tom, und auf den war er nicht gut zu sprechen.

Deniz gefiel, dass Nils Spuren von Eifersucht zeigte. Das hieß, sie waren auf einem guten Weg. Bisher hatten sie nicht noch einmal darüber gesprochen, was das zwischen ihnen war. Waren sie inzwischen schon zusammen oder nicht? Er wusste es nicht. Es fühlte sich nach einer Beziehung ohne Sex an, aber Deniz traute sich nicht, danach zu fragen. Er hatte Nils versprochen, keinen Druck zu machen. Und dieses Versprechen wollte er unbedingt halten. Selbst wenn es ihm schwerfiel. Nun verzog Nils das Gesicht und starrte ihn finster an. Er verschränkte die Arme demonstrativ vor seiner Brust, was Deniz zum Grinsen brachte. Er mochte Tom. Und das beruhte definitiv auf Gegenseitigkeit. Hätte sich das mit Nils nicht überraschend so ergeben, wäre aus ihm und

Tom vielleicht etwas geworden. Das spürte eben auch Nils. Und Deniz wollte ihm da nichts vormachen. Also verstand er, dass Nils bei Tom Rot sah. Es war süß. Es war Bestätigung. Aber es zeigte auch, dass Deniz Nils wichtig war. Und das brachte sein Herz zum Hüpfen.

Natürlich tat es ihm leid, dass Nils das so zu schaffen machte. Deshalb nahm er Nils' Hände in seine und sah ihn aufrichtig an. »Ich hab dir doch schon erzählt: Tom ist nur ins Krankenhaus gekommen, um zu sehen, wie es mir geht. Und er wollte sichergehen, dass er sich nicht in eine Beziehung gedrängt hat. Das konnte ich ihm versichern. Ich hab ihm aber auch klar gemacht, dass da jetzt nichts weiter laufen wird. Dass ich dich will. Und alles andere nicht für mich infrage kommt.«

»Und trotzdem tut er es jetzt. Er drängt sich in eine Beziehung.«

Deniz riss die Augen auf. War das schon die Antwort auf seine Frage von eben? Meinte Nils das ernst?

Er musste die Chance ergreifen. Jetzt fragen. »Beziehung?«, hauchte er und sah Nils unverwandt an. Der sah zum Teil trotzig, aber auch entschlossen aus.

»Willst du das? Eine Beziehung … mit mir?« Nils schluckte. Er wirkte unsicher.

Unfassbar. Passierte das wirklich? So lange hatte er sich das erträumt. Und nun wurde es Realität? Deniz lächelte. Dann nickte er schnell. »Es gibt nichts, was ich mehr will. Du hast etwas in mir ausgelöst, seit du das erste Mal in meinem Kiosk aufgetaucht bist. Seitdem konnte ich es immer kaum abwarten, bis du das nächste Mal kamst.«

Sanft legte Nils seine Arme um Deniz' Hals und lehnte die Stirn gegen seine.

»Warum hast du nie was gesagt?«, fragte er leise.

Deniz lachte kurz auf und genoss den Atem, der bei jedem von Nils' Worten sanft über sein Gesicht strich.

»Na ja, ihr wart alle recht mitteilungsfreudig, was dein ausschweifendes Nachtleben anbelangt. Ich dachte schlicht, dass ich niemals eine Chance bei dir hätte.«

»Aber die hast du«, flüsterte Nils.

Er legte den Kopf leicht schräg, um den letzten Abstand zu Deniz' Mund zu überbrücken, und küsste ihn. Dieser Kuss war anders als alle zuvor. Innig, voller Leidenschaft und Versprechen.

»Du wolltest Zeit«, keuchte Deniz. Das war der Grund gewesen, weshalb er sich zurückgehalten hatte. Nils wusste das natürlich, dennoch wollte er es noch mal klarstellen.

»Stimmt.« Nils lachte leise an seinem Mund.

»Und jetzt?« Deniz hätte sich ohrfeigen können dafür, das in dieser Situation zu diskutieren. Aber er brauchte einfach Gewissheit. Um hoffentlich endlich loslassen zu können.

»Jetzt nicht mehr.« Nils grinste und wirkte zufrieden, offen. Und erregt, sehr erregt.

Sie pressten ihre Körper aneinander und stöhnten beide auf. Deniz fühlte, dass er nicht der Einzige mit einer Erektion in der Hose war. Er wollte mehr, legte seine Hände auf Nils' Hintern und rieb sich an ihm. Sie küssten sich erneut und konnten einfach kein Ende finden. Ganz außer Atem trennten sie sich nach einiger Zeit, um nach Luft zu schnappen.

Was würde jetzt passieren? Konnte Deniz es wagen und aufs Ganze gehen? Sollte er den ersten Schritt tun und Nils von seinen Klamotten befreien? Meine Güte, es war hier so viel schwieriger als in irgendeinem Club oder Darkroom, wo schnell klar war, dass man bei Gefallen einfach loslegte.

Bevor Deniz jedoch weiter darüber nachdenken konnte, küsste Nils ihn noch einmal kurz, dann ließ er ihn los und trat einen Schritt zurück.

»Was?« Deniz sah ihn bestürzt an. Nils bekam große Augen. Sofort waren seine Hände wieder da.

»Tut mir leid. Oh Mann, du hast das falsch verstanden, oder? Das war keine Zurückweisung. Nur, wenn ich jetzt die Finger nicht von dir lasse, weiß ich nicht, was noch passiert.«

»Probieren wir es aus!«

Er zog Nils wieder näher zu sich heran, doch der ging kichernd auf Abstand, was Deniz irritierte. »Wir müssen gleich los. Du weißt doch, wir wollen den Tag heute zusammen verbringen. Und nein, nicht so.«

Nils lachte und Deniz schnaubte ungehalten. Er hatte lange genug gewartet. Jetzt wollte er alles. Und Nils auch. Das sah er. Dieses Spiel hier wurde ihm langsam zu blöd.

»Ich hab uns extra Karten für die Gartenausstellung besorgt. Da wolltest du doch so gerne hin! Und wenn wir alles ansehen wollen, müssen wir jetzt wirklich los. Das Gelände ist riesig!«

Deniz war nicht glücklich über diese Info. Er wollte unbedingt dort hin, weil er bisher keine Ahnung hatte, wie er den kleinen Garten hinterm Haus noch schöner gestalten könnte. Er hoffte auf Inspiration. Allerdings wäre er sofort bereit, die Ausstellung sausen zu lassen, wenn er dafür mit Nils intim werden würde. Nils grinste ihn an. Seine Augen blitzten.

»Wir lassen die Karten nicht verfallen! Ich sehe, dass du darüber nachdenkst.«

»Na gut.« Deniz seufzte frustriert und fügte sich in sein Schicksal. Sie würden nie Sex haben. Alles hatte sich scheinbar dagegen verschworen. Oder Nils wollte ihn doch nicht. Irgendwie sendete er ja widersprüchliche Signale aus. Da spürte er Nils' Hand an seinem Arm.

»Warte.« Er sah zu ihm auf und Nils holte tief Luft. »Bevor wir gehen, möchte ich dir aber noch was sagen.« Er schluckte. »Ich will auch mit dir zusammen sein. So richtig. Du erdest mich. Und … ich will auch nur dich. Du kannst Tom also sagen, wir sind jetzt fest zusammen. Und das bleibt auch so. Er muss sich anderweitig umsehen.« Nils lächelte schief. Und Deniz lachte. Dann schnappte er sich seinen Mann und gab ihm einen Kuss, der eben dies besiegelte.

Kapitel 15

Nils

Wow, Deniz machte ihn fertig! Er hatte fast nicht für möglich gehalten, dass dieser Mann ihn so schnell um den Verstand bringen könnte. Und doch hatte er es geschafft. Nils hatte sich verliebt. Das sah er jetzt ganz deutlich. Und es war toll. Auch wenn ihm seine Gefühle ab und an einen gehörigen Respekt einflößten. Und er hier und da auch mal an sich gezweifelt hatte.

Es war atemberaubend, Hand in Hand durch die Ausstellung zu laufen. Deniz so nah bei ihm. Sein Herz raste. Und er konnte sich kaum auf die Blumenbeete rechts und links konzentrieren, die in allen Farben leuchteten und vor Insekten nur so brummten. Es gab eine Menge zu sehen und es dauerte seine Zeit, bis Deniz und Nils auch in die letzten Ecken vorgedrungen waren.

Natürlich hatten sie gemeinsam Ideen für den Garten gesammelt. Aber das Beste war gewesen, dass sie kaum die Finger voneinander hatten lassen können. Jede Hecke, jede Nische hatten sie dafür genutzt, sich immer wieder näherzukommen, ihr Begehren zu steigern. Inzwischen waren sie beide dermaßen aufgeheizt, dass Nils nichts lieber wollte, als so schnell wie möglich nach Hause zu fahren. Erst würde er Deniz die Überraschung zeigen – und dann, endlich … Nils grinste.

War es nicht verrückt, dass er Deniz' Wohnung nach der kurzen Zeit, die sie dort zusammen verbracht hatten, schon gedanklich ein Zuhause nannte? Es fühlte sich an, als würde pures Glück durch seine Adern fließen.

»An was denkst du?« Deniz lächelte fragend zu ihm auf.

»Daran, wie wohl ich mich in deinen vier Wänden fühle.«

»Ich fühle mich mit dir in meiner Wohnung auch sehr wohl. Apropos: Ich finde, es reicht für heute. Lass uns fahren.« Deniz drängte sich auffordernd an ihn.

Nils nahm sein Handy und tat, als würde er nach der Uhrzeit sehen. Aufregung machte sich in ihm breit, als er die Vorschau einer Nachricht auf dem Display las. *Fertig.*

»Du hast recht. Auf gehts!« Er festigte den Griff um Deniz' Hand und zog ihn auf dem

Weg zum Parkplatz hinter sich her. Er hatte es eilig. Deniz lachte.

Die Rückfahrt verlief weitestgehend schweigend, denn Nils konnte sich nicht auf ein Gespräch konzentrieren. Er war nervös. Nicht mehr lange und das Haus würde in Sichtweite kommen. Nur noch eine Kreuzung.

Deniz sog scharf die Luft ein. »Das Gitter ist offen!«

Nils hatte Flo gebeten, nur die Tür abzuschließen und das Gitter offenzulassen. Sein Plan war aufgegangen. Deniz hatte es sofort gesehen. Er lenkte den Wagen fahrig auf einen Parkplatz und stieg aus, kaum, dass er sich abgeschnallt hatte.

Nils beeilte sich ebenfalls und schloss zu Deniz auf. »Warte! Es ist diesmal nichts dergleichen. Keine Sorge!«

Deniz lief weiter, ohne stehen zu bleiben. »Woher willst du das wissen?« Seine Stimme zitterte. *Scheiße*. Das war eine blöde Idee gewesen. Er hätte einfach aufschließen sollen, ohne Deniz vorher solche Angst einzujagen. Er legte einen Arm um Deniz' Schulter und zog ihn an sich.

»Erstens bin ich bei dir und zweitens ist es eine Überraschung. Sorry für den Schreck.« Nils nahm Deniz den Schlüssel ab und öffnete die Tür. Dann griff er nach seiner Hand und zog ihn über die Schwelle.

Deniz blieb wie angewurzelt stehen. Der Mund stand ihm offen und er sah sich mit großen Augen um.

»Was? Wann?« Deniz brachte keinen zusammenhängenden Satz zustande. Er sah so geplättet aus, dass Nils sich gleich noch ein Stück mehr in ihn verliebte.

»Na ja, es war gar nicht so leicht, das alles zu managen, ohne dass du es mitbekommst.« Nils hatte sich hinter Deniz gestellt, die Arme um ihn geschlungen und sprach nun ganz dicht an seinem Ohr. »Ich hab damit angefangen, das kleine Lager zu streichen, wenn du geschlafen hast.«

Deniz drehte sich in Nils' Armen um und sah perplex zu ihm auf.

»Als es getrocknet war, habe ich die Waren dort reingequetscht. Einräumen darfst du sie dann mit mir zusammen.« Nils lachte kurz auf. »Jedenfalls haben Paul, Peter und Tony danach den Rest gestrichen, während ich dich oben abgelenkt habe.« Er küsste Deniz sanft.

Dieser schüttelte immer wieder ungläubig den Kopf. »Was hättest du gemacht, wenn ich runtergegangen wäre, als du in der Uni oder bei deinen Eltern warst?«

Nils grinste. »Das hätte nicht funktioniert. Ich hatte die Schlüssel die ganze Zeit bei mir. Alle beide.«

Deniz schnaubte laut auf, legte die Hände an Nils' Gesicht, stellte sich auf die Zehenspitzen und küsste ihn voller Dankbarkeit.

»Gefällt es dir?« Nils hoffte, dass es so war.

»Es ist wunderbar. Ich weiß nicht, was ich sagen soll.« Deniz war sichtlich bewegt, und auch Nils musste schlucken, als er sah, dass sein Freund mit den Tränen kämpfte.

»Es sieht komplett anders aus. Viel besser! Und alles ist neu! Wie hast du das gemacht?«

»Ja, das war die größte Herausforderung. Flo ist heute früh hier rein, sobald wir weg waren. Zusammen mit den anderen Jungs. Ich würde sagen, sie haben mit Hochdruck geschuftet.« Nils war froh, dass alles so geklappt hatte.

»Flo war hier? Und hat das alles gemacht? An seinem freien Wochenende? Wow. Das ist … ich bin sprachlos. Du hast wirklich ganz besondere Freunde. Danke!«

Nun konnte Nils tatsächlich eine Träne ausmachen, die über Deniz' Wange lief und in seinem Bart stoppte. Sanft strich er sie mit dem Daumen weg.

»Sie haben das gern gemacht. Für mich. Für dich. Für uns.« Nils sah Deniz tief in die Augen und war so glücklich, dass dieser Mann ihn wollte, dass er auf ihn gewartet hatte.

»Für uns. Das klingt gut.« Deniz lächelte Nils an und schlang die Arme um seinen Körper. »Ich liebe dich.«

Nils sog überrascht die Luft ein und sah Deniz aus großen Augen an. Vollkommen überwältigt von dessen Worten und nicht in der Lage, auch nur einen Ton über die Lippen zu bringen. Seine Antwort erfolgte auf die einzige Weise, die ihm möglich war. Er legte seinen Mund auf Deniz' Lippen und küsste ihn, bis ein erregtes Stöhnen an sein Ohr drang.

»Wenn du so weitermachst, kann ich nicht mehr aufhören.«

Nils grinste, als Deniz sein Becken vorschob und zeigte, wie sehr ihm ihre momentane Nähe gefiel.

»Wer sagt, dass ich das will?«, raunte Nils mit rauer Stimme.

Er schickte seine Hände auf Wanderschaft. Über Deniz' Rücken bis hinunter zu seinem Arsch. Dort packte er ordentlich zu und presste seinen Freund noch fester an sich, was dem das nächste Stöhnen entlockte. *Seinen Freund*, das hörte sich so unfassbar gut an.

Kurz darauf war es Nils, der aufkeuchte, denn Deniz schob ihn zurück, bis er an dem neuen Tresen lehnte. Er begann, sich an ihm zu reiben, während er erneut seine Lippen suchte.

Schwer atmend beendete Deniz den Kuss nach einer kleinen Ewigkeit.

»Ich will dich«, keuchte er und sah Nils mit einem so intensiven Blick an, dass dessen Schwanz bereits zuckte.

Deniz fackelte nicht lange, glitt mit den Händen zu Nils' Hose und öffnete sie mit leicht zitternden Fingern. Dann ließ er sich vor ihm auf die Knie fallen, hakte seine Finger in die Unterhose und zog beides nach unten. Nils' Schwanz schoss hervor und thronte nun mitten vor Deniz' Gesicht.

»So wunderschön«, murmelte der.

»Fuck, Deniz!« Nils stöhnte erregt auf und konnte seine Augen nicht von dem Mann lassen, der vor ihm kniete und seinen Schwanz anstarrte, als sei er das achte Weltwunder.

Fast gaben Nils' Beine nach, als Deniz sich vorbeugte, sein Gesicht in Nils' Schoß drückte und tief einatmete.

»Oh Gott.« Wenn er so weitermachte, würde Nils auf der Stelle kommen. Niemals war er so erregt gewesen und noch nie in seinem Leben hatte er sich so begehrt gefühlt.

Er fixierte Deniz mit liebevollem Blick, der nun mit seinem Kinn über Nils' Eier fuhr. Der Vollbart kitzelte ihn an der empfindlichen Haut und *Fuck*, das fühlte sich so gut an.

»Deniz!« Nils konnte sich kaum noch beherrschen. Als Deniz mit seiner Zunge einmal komplett von der Schwanzwurzel bis nach oben zur Eichel leckte, um dann seinen Mund darüber zu stülpen, glaubte er, jeden Moment zu kommen.

Deniz hielt kurz inne und ließ Nils verschnaufen. Dann begann er träge, ihn zu wichsen, während er weiter mit der Zunge seine Eichel und das Bändchen reizte. Mit der anderen Hand streichelte Deniz sanft seine Eier. Nils stöhnte laut auf und kam so heftig, dass Deniz ihm Halt geben musste, während er schluckte.

Dann stand Deniz auf. Sie waren nun auf Augenhöhe und sahen sich an. Nils' Gefühle fuhren Achterbahn und er merkte, wie sich Tränen in seinen Augen sammelten.

»Nils.« Deniz flüsterte seinen Namen und zog ihn in eine Umarmung. Nils schluchzte überwältigt, immer noch außerstande, die Eindrücke der letzten Minuten zu verarbeiten. »Sht. Du bist so wundervoll.«

Eine Zeit lang hielten sie sich gegenseitig fest. Dann ließ Deniz ihn los, trat einen Schritt zurück und zog sich aus.

Nils schluckte. »Was machst du?«, fragte er heiser.

Deniz schmunzelte und zog seine Jeans samt Unterhose nach unten, um herauszusteigen.

Nils konnte sich nicht sattsehen. Zum ersten Mal stand dieser Mann nackt vor ihm, und was er sah, gefiel ihm so gut, dass sein bestes Stück sich erneut regte. Deniz kam wieder näher zu ihm, umfasste seinen halbsteifen Schwanz und sah ihn mit funkelnden Augen an.

»Ich möchte, dass du mich mit diesem wunderschönen Penis komplett ausfüllst.«

Ein Schauer lief über Nils' Körper und er stöhnte erregt auf. Deniz ließ von ihm ab, um eine Decke zu holen, die er auf den Boden legte. Dann schnappte er sich Kondome und Gleitgel aus seinem Warenbestand, drückte beides Nils in die Hand und legte sich hin.

»Fuck, Deniz!«

Nils war inzwischen wieder steinhart. Er griff sich eins der Kondome, riss die Verpackung auf und zog es über. Währenddessen konnte er seine Augen nicht von dem Mann vor sich lassen. Nils gefiel, was er sah. Die stark behaarte Brust und der dunkle, dichte Pfad, der hinunter zu Deniz' Schritt führte.

Dort drückte sich ein leicht nach links gebogener Schwanz gegen Deniz' Bauch. Er war durchschnittlich groß und lag in einem Nest aus schwarzem, gestutzten Haar.

Nils kniete sich zwischen Deniz' Beine, stellte diese rechts und links von sich auf und rutschte näher an ihn heran. Dann nahm er das Gel und berührte kurz darauf mit feuchten Fingern dessen Eingang.

»Aaah!« Deniz stöhnte laut auf.

Nils bemerkte, dass die Rosette bereits vor Erregung pulsierte. Deniz' Blick war verhangen vor Lust. Nils ließ ihn nicht aus den Augen, während er ihn behutsam vorbereitete und in größeren Abständen jeweils einen zusätzlichen Finger einführte. Er wollte es richtig machen und dafür sorgen, dass Deniz sich gut fühlte, wenn er in ihn eindrang.

Inzwischen dehnte er seinen Freund mit vier Fingern und träufelte mit der anderen Hand noch einmal Gleitgel dazu. Deniz wand sich unter ihm und stöhnte tief.

»Bitte. Ich will nicht kommen, bevor du in mir bist.« Deniz' Stimme bebte vor Lust und Anspannung.

Nils zog seine Finger heraus und sah auf das geweitete, schöne Loch, in dem er sich gleich versenken würde. *Fuck*! Er nahm noch mehr Gel und verteilte es auf dem Kondom. Dann umfasste er Deniz' Hintern und kippte sein Becken leicht an. Er sah ihm tief in die Augen, führte seinen Schwanz mit einer Hand an sein Loch und presste dagegen. Es gab sofort nach und beide stöhnten laut auf, als Nils Stück für Stück tiefer in Deniz eindrang, bis seine Eier dessen Hintern küssten.

Das war so ein irres Gefühl! Nils war überwältigt. Deniz hatte ihn trotz seiner Größe ohne Probleme bis zum Anschlag aufnehmen können.

»Oh fuck. Du fühlst dich so gut an.« Nils kniff kurz die Augen zusammen, beugte sich dann vor und stützte sich mit den Händen neben Deniz ab. Dieser kam ihm für einen leidenschaftlichen Kuss entgegen.

Als ihre Münder voneinander abließen, sahen sie sich an. Nils stellte eine stumme Frage und Deniz nickte, den Blick voller Liebe und Vertrauen. Und dann begann Nils langsam, sich zu bewegen. Er nahm einen trägen Rhythmus auf, der Deniz immer mehr in Ekstase versetzte. Das war so ein schöner Anblick.

Sex auf diese Art hatte Nils noch nie erlebt. Unglaublich. So voller Leidenschaft, aber eben auch Gefühl, pure Sinnlichkeit. Sein Körper kribbelte überall. Es fühle sich so unbeschreiblich gut an. Vermutlich lag das auch daran, dass Deniz' Liebe für Nils ihm förmlich entgegensprang. Sein Blick, seine Bewegungen, das Streicheln seines Rückens. Das alles kam einer einzigen Liebkosung gleich.

»Bitte mehr!«, drängte Deniz und sah ihn flehend an.

Langsam steigerte Nils sein Tempo. Sie beide stöhnten nun lauter und Deniz kam ihm bei jedem Stoß entgegen. Er hob seinen Kopf, um Nils zu küssen. Dann keuchte er an seinen Lippen, ließ sich nach hinten fallen und kam mit einem rauen Schrei.

Es war das Schönste, was Nils je gesehen hatte. Deniz war gekommen, nur davon, dass er ihn fickte. Wie geil war das denn? Er fühlte sich wie im Rausch und stieß härter und schneller zu. Seine Bewegungen wurden fahriger. Er hämmerte sich noch ein paar Mal in Deniz, bevor er sich zusammenkrümmte, laut stöhnte und ebenfalls kam.

Nils rollte sich mit letzter Kraft von Deniz herunter und blieb schwer atmend neben ihm liegen.

Deniz seufzte zufrieden, drehte sich auf die Seite und kuschelte sich an ihn. Während er mit den Fingerspitzen sanft über seine Brust streichelte, dämmerte Nils weg. Er kam erst wieder zu sich, als Deniz vorsichtig das Kondom von seinem nun schlaffen und klebrigen Schwanz entfernte. Zärtlich fuhr er mit dem Finger den weichen Schaft nach und sah Nils lächelnd an. Es stand so viel Liebe in seinen Augen, dass Nils' Herz ganz weit wurde. Es quoll über für diesen Mann. Er setzte sich auf, legte seine Hand an Deniz' Wange und strich sanft über dessen Bart. Und dann flüsterte er »Ich glaube, ich liebe dich auch.«

Auf Deniz' Gesicht breitete sich ein Lächeln aus, wie es Nils noch nie zuvor gesehen hatte. Er hatte ihn mit diesem Satz offensichtlich sehr glücklich gemacht. Und Deniz ihn.

Unverhofft glücklich.

Ende

Was ich noch sagen wollte

Liebe Uta, es ist ein so großer Mehrwert für mich, dich für die Mitarbeit an diesem Buch gewonnen zu haben. Herzlichen Dank für die stets liebevolle Kritik. Auch für deine Geduld, wenn ich länger brauchte, um überzeugt zu werden. Ohne dich wäre das Buch nicht, was es jetzt ist.

Katrin. Was wäre ich ohne dich und deine großartige Hilfe in vielen Belangen? Danke!

Aber vor allem möchte ich mich natürlich bei dir bedanken, liebe*r Leser*in. Dafür, dass du *Unverhofft glücklich 1* gekauft und Deniz und Nils auf ihrer Reise begleitet hast. Ich hoffe, es hat dir gefallen. Es wäre toll, wenn du dir kurz Zeit nehmen würdest und das Buch bewerten. Sei es mit Sternen oder sehr gern auch durch eine Rezension. Dies verhilft Büchern im Allgemeinen zu mehr Sichtbarkeit – und würde mich unheimlich freuen.

Leseprobe

Unverhofft glücklich 2
Black Pearl

Mit klopfendem Herzen ging Flo durch das sich öffnende schmiedeeiserne Tor und auf das imposante Gebäude im Barockstil zu. Ein roter Teppich führte über die Freitreppe zu einer wunderschönen doppelflügligen Holztür. Flo sah nach oben und spürte einen Anflug von Erregung. Er konnte es noch gar nicht richtig fassen. Das *Black Pearl.* Und er war wirklich hier.

Ein Mann in schwarzem Anzug begrüßte ihn. »Guten Abend. Ihren Mitgliedsausweis, bitte.«

Flo schluckte. »Ich komme als Gast. Florian Weber. Ich sollte auf der Gästeliste stehen.« Seine Stimme klang dünn und er räusperte sich verlegen.

Nach einem prüfenden Blick auf sein Tablet nickte der Mann ihm zu und gab den Eingang frei. »Ich gebe Bescheid, dass Sie da sind. Einen schönen Aufenthalt.«

»Vielen Dank.« Flo ging weiter in einen kleinen Empfangsbereich. Die Wände waren cremefarben und es hingen ästhetische Bilder von knienden Männern und Frauen an der Wand.

TJ kam bereits lächelnd auf ihn zu. Er sah gut aus, und Flos Herz machte einen Satz. »Herzlich willkommen im Black Pearl.«

Während er ihm seine Hand hinhielt, musterte TJ ihn eingehend von oben bis unten. Ihm schien zu gefallen, was er sah.

Flo war erleichtert, denn er hatte gehofft, etwas Eindruck machen zu können. Seine dunkle Lieblingsjeans saß eng, ebenso wie das weiße Shirt. Er nahm die angebotene Hand, die groß und warm war, und bekam weiche Knie.

»Was hältst du von einer kurzen Führung?« TJ zwinkerte ihm zu, und Flo musste sich beeilen, den betörenden Duft aus seiner Nase zu atmen. TJ war schon dabei, eine Tür zu seiner Linken zu öffnen, und leitete Flo in den Garderobenbereich. Hier gab es Schließfächer, um persönliche Dinge zu verwahren.

Flo sah zufällig, wie ein großgewachsener, blonder Mann seiner Partnerin ein Halsband anlegte. Er schauderte prompt und fragte sich sehnsüchtig, ob er auch irgendwann jemanden haben würde, der ihm …

Doch TJ holte ihn aus seinen Gedanken zurück. »Hier kannst du dich morgen umziehen und deine Sachen einschließen. Handys sind außerhalb dieses Bereichs nicht gestattet.«

Flo nickte. »In Ordnung.« Hektisch fügte er ein »Sir« an und verfluchte seine Ablenkung durch die Halsband-Thematik. Zwar war er momentan in keiner Session mit TJ, dennoch wollte er diesem beeindruckenden Dom zeigen, dass er wusste, was sich gehörte. Für ihn machte es hier im Club keinen Unterschied, ob er spielte oder nicht. TJ verdiente es, mit *Sir* angesprochen zu werden. Und er wollte ihm diesen Respekt unbedingt erweisen.

Durch eine mit schwarzem Leder bezogene Tür, auf der mit Glitzersteinen der Name des Clubs eingelassen war, betraten sie eine große Lounge mit schicken Sitzmöbeln und kleinen Tischen. Der Club war bereits gut besucht. Überall standen und saßen Gäste, entsprechend ihrem jeweiligen Fetisch gekleidet. Dezente Musik lief im Hintergrund und die indirekte Beleuchtung rundete das Ganze ab. Flo ging mit klopfendem Herzen weiter und spürte die ersten Blicke auf sich. Zu seiner Rechten befand sich ein größerer Spiegel, der die opulente Bar auf der gegenüberliegenden Seite reflektierte.

Danach folgte ein Gang, der von dicken schwarzen Samtvorhängen umrahmt war. TJ führte ihn hinein und zeigte auf eine Tür rechts von sich.

»Hier ist mein Büro. Und das dort ist das rote Zimmer, samt Vorraum. Wenn du zuschauen möchtest, sagt dir der Farbcode, ob es erwünscht ist oder nicht.« Er deutete auf eine Ampel neben der Tür und grinste leicht.

Flo nickte verstehend und bemerkte, dass TJ ihn weiterhin ansah. Er schien ganz genau auf die Reaktionen zu achten, die das Gesagte bei ihm hervorrief. Oder bildete sich Flo das nur ein?

»Nun der Schauraum.« TJ lachte verheißungsvoll und wies Flo die Richtung.

Ihm stockte der Atem. Alles hatte sich mit einem Schlag verändert. Das Licht war gedämpfter als in der Lounge. Durch die dezente Musik drangen Keuchen, Stöhnen und einzelne Schreie an Flos Ohren. Die Luft war erfüllt von einem Gemisch aus Latex, Leder und Sex. Es gab so viel zu sehen, dass Flo nicht wusste, wo er zuerst hinsehen sollte.

Eine Welle der Erregung erfasste ihn, als sein Blick auf einen Dom fiel, der seinen Sub auf eine Bondagebank geschnallt hatte. Die Beine des Subs waren nach oben gespreizt und je an ein Rohr fixiert, die Hände an der Seite festgeschnallt. Der Dom stand zwischen dessen Beinen und schnippte gerade gegen die Hoden seines Spielpartners. Erst jetzt nahm Flo die Klammern dort wahr. Er sog tief die Luft ein.

Seine Nackenhaare stellten sich auf, als ihm bewusst wurde, dass jemand dicht hinter ihn getreten war. Flo musste sich nicht umsehen. Er spürte TJs Präsenz. Eine Hand legte sich locker an seine Kehle und ein großer Körper schmiegte sich an seine Rückseite. Flos bereits steifer Schwanz zuckte verheißungsvoll.

»Gefällt dir, was du siehst?«, raunte TJ.

»Ja, Sir.« Die Antwort kostete ihn Überwindung. Zum einen, weil er bereits schwerer atmete. Zum anderen, weil es ihm unangenehm war, wie offensichtlich seine Erregung sein musste. Als TJ seinen Hals unvermittelt wieder losließ, flutete Flo eine irrationale Enttäuschung. Dabei wusste er doch, dass heute keine Session zwischen ihnen stattfinden würde.

»Folge mir.« Und schon gingen sie zurück. Flo hätte ewig dort verharren und zuschauen mögen. Aber das war offensichtlich nicht der richtige Zeitpunkt. Bald. Nun konzentrierte er sich auf TJ. Auch kein schlechter Anblick.

Das blaue Zimmer gefiel ihm ganz besonders. Während an der Wand ein schwarzes, glänzendes Andreaskreuz hing, waren an der Decke

Haken für eine individuelle Nutzung angebracht. In einer Ecke entdeckte er einen Sling.

Flos Puls beschleunigte sich bei der Vorstellung, selbst am Kreuz gefesselt zu sein und eine Peitsche auf seinem Körper zu spüren. Er sah auf und bemerkte das Funkeln in TJs Augen. »Ich mag diesen Raum auch sehr.«

Da war er wieder, dieser stechende Blick, mit dem TJ ihn schon neulich im Garten fast in die Knie gezwungen hatte. Flo keuchte leise auf, straffte sich und schlug die Augen nieder.

TJ trat näher an ihn heran, legte ihm seine starke Hand in den Nacken und zog ihn an sich.

Anders als im geruchsschwangeren Schauraum nahm Flo TJs Duft nun so intensiv wahr, dass er seine Sinne benebelte.

»Ich denke, wir beide werden viel Spaß miteinander haben.«

Veröffentlichung: Anfang 2024

Printed in Poland
by Amazon Fulfillment
Poland Sp. z o.o., Wrocław

48264897R00072